古樂苑

（第二册）

电子科技大学出版社

第二册目録

古樂苑卷第五

西吴　梅鼎祚　補正

東越　吕胤昌　校閲

郊廟歌辭 廟祀 齊 梁 陳 北周 隋

齊太廟樂歌

南齊書樂志曰宋昇明中太祖爲齊王令司馬褚淵造太廟登歌二章建元初詔黄門侍郎謝超宗造廟樂歌詩十六章永明二年尚書殿中曹奏太祖高皇帝廟神室奏高德宣烈之舞未有歌詩郊應須歌辭穆皇后廟神室亦未有歌辭案傅玄云登歌廟異其文饗神十室同辭此議爲允又尋漢世歌篇多少無定皆稱事立文竝多八句然後轉韻時有兩三韻而轉其例甚寡張華夏侯湛亦同前式傅玄改韻頗數更傷簡節之美近世王韶之顔延之竝四韻乃轉得

睒促之中顏延之謝莊作二廟歌皆各三章章八句此於序述功業詳畧爲宜今宜依之郊配之日改降尊作王禮殊宗廟穆后母儀之化事異經綸此二歌爲一章八句別奏事御奉行詔可尚書令王儉造太廟二室及郊配辭古今樂錄曰梁何佟之周捨等議以爲周禮牲出入奏昭夏而齊氏仍宋儀注迎神奏昭夏牲出入更奏引牲樂乃以牲牢之樂用接祖宗之靈宋季之失禮也

肅咸樂夕牲羣臣出入奏　謝超宗下同十六章

潔誠底孝孝感煙霜簷儀式序肅禮綿張金華樹藻肅哲騰光殷殷升奏嚴嚴階庠匪椒匪玉是降是將懋分神衷翊祐傳昌

引牲樂牲出入奏

肇祀嚴靈恭禮尊國達敬傳典結孝陳則芬滌既肅犧牷既整聳誠流思端儀選景肆禮佇夜綿樂望晨崇席皇鑒用饗明神傳一作敷

嘉薦樂薦豆呈毛血奏

清思眑眑閟寢微微恭言載感肅若有希芬俎具陳嘉薦兼列凝馨煙飈分炤星哲層靈式降協我帝道上澄五緯下陶八表右夕牲歌辭

昭夏樂迎神奏

涓辰選氣展禮恭祇重闈月洞層牖煙施載虛玉鬯載受金枝天歌折饗雲舞鼙儀神惟降止汎景凝義帝華

永藹泯藻方摛

永至樂皇帝入廟北門奏

戲繇惟則姬經式序九司聯事八方承宇鑾迴靜陳縵樂具舉凝旒若慕傾璜載佇振振琁衛穆穆禮容載藹皇步式敷帝蹤

登歌太祝祼地奏

清明既鬯太孝乃熙天儀睟憺皇心儼思既芬房豆載潔牷牲鬱祼升禮鋗玉登聲茂對幽嚴式奉徽靈以享以祀惟感惟誠明一作容玉一作金

凱容樂皇祖廟陵丞神室奏

國昭惟茂帝穆惟崇登祥緯遠締世景融紛綸庴緒奄
蔚王風明進厥始濬哲文終

凱容樂 皇祖太中大夫府君神室奏

琁條簧蔚瓊源浚照懋矣皇烈載挺明劭永言敬思式
恭惟教休途良乂榮光有耀

凱容樂 皇祖淮陰令府君神室奏

嚴宗正典崇享肇禋九章既飭三清既陳昭恭皇祖承
假徽神貞祜伊協卿鵠是鄰

凱容樂 曾祖郎丘令府君神室奏

肅惟敬祀潔事參薌環祓像綴緬容絲簧明明烈祖尚

錫龍光粤雅于姬伊頌在商

凱容樂皇祖太常卿府君神室奏

神宫懋鄴明寢昌基德凝羽綴道邕容辭假我帝緒懿

我皇維昭大之載國齊之祺

宣德凱容樂皇考宣皇帝神室奏

道閎期運義開藏用皇矣睿祖至哉攸縱循規烈熠襲

矩重芬德溢軒羲道懋炎雲

凱容樂昭皇后神室奏

月靈誕慶雲瑞開祥道茂淵柔德表徽章粹訓宸中儀

形宙外容蹈凝華金羽傳藹

永祚樂 皇帝還東壁上福酒奏

構宸抗宇合軫齊文萬靈載溢百禮以發朱絃繞風翠羽停雲桂鐏既滌瑤俎既薰升薦惟誠昭禮惟芬降祉遥裔集慶氤氳

肆夏樂 送神奏

禮既升樂以愉昭序溢幽饗餘人祇皀敬教敷神光動靈駕翔芬九垓鏡八鄉福無届祚無疆

休成樂 皇帝詣便殿奏

睿孝式皀饗敬爰徧諦容輟序佾文靜縣辰儀聳蹕霄衛浮鑾旒帟雲施翠華景搏恭惟尚烈休明再纏國猷

遠謁昌圖聿宣偏一作徧縣一作懸

太廟登歌　褚淵 下同二章

惟王建國設廟凝靈月薦流典時祀暉經瞻宸僾思雨露追情簡日筵昬閟奠升文金罍渟桂沖幄舒薰備僚肅列駐景開雲

至饗攸極睿孝惇禮具物咸絜聲香合體氣昭扶幽眇慕躔遠迎綠驚促送佾留晚聖衷踐候節改增愴妙感崇深英徽彌亮聲香郭本作馨聲

高德宣烈樂太祖高皇帝神室奏　王儉 下同三章

悠悠草昧穆穆經綸乃文乃武乃聖乃神動龕危亂靜

比斯民誕膺休命奄有八寅握機肇運光啓禹服義滿
天淵禮昭地軸澤靡不懷威無不肅戎夷竭歡象來致
福偃風裁化暅日敷祥信星含曜秬草流芳七廟觀德
六樂宣章惟先惟敬是饗是將

穆德凱容樂　穆皇后神室奏

大姒嬪周塗山儷禹我后嗣徽重規疊矩肅肅閟宮翔
翔雲舞有饗德馨無絕終古

明德凱容樂　高宗明皇帝神室奏

多難固業殷憂啓聖帝宗讃武維時執競起柳獻祥百
堵興詠義雖祀夏功符受命遠無不懷邇無不肅其儀

濟濟其容穆穆赫矣君臨昭哉嗣服允王惟后膺此多福禮以昭事樂以感靈八簋陳室六舞充庭觀德在廟象德在形四海來祭萬國咸寧

梁宗廟登歌

隋書樂志曰七曲四言皇帝初獻奏按太廟雅歌與郊明堂同用者皇雅滌雅牷雅諴雅第三首並沈約撰

沈約

功高禮洽德尊樂備三獻具舉百司在位誠敬罔諐幽明同致茫茫億兆無思不遂蓋之如天容之如地

殷兆玉筐周始邠王於赫文祖基我大梁肇土七十奄有四方帝軒百祀人思未忘永言聖烈祚我無疆

有夏多罪殷人塗炭四海倒懸十室思亂自天命我殲凶殄難既躍乃飛言登天漢爰饗爰祀福祿攸贊（祀郭作格）犧象既飾罍俎斯具我鬱載馨黄流乃注峨峨卿士駿奔是務佩上鳴堦纓還拂樹悠悠億兆天臨日煦猗歟至德光被黔首鑄鎔蒼昊甄陶區有肅恭三獻對揚萬壽比屋可封含生無咎匪徒七百天長地久（肅郭作恪）有命自天於皇后帝悠悠四海莫不來祭繁祉具膺八神聳衛福至有兆慶來無際播此餘休于彼荒裔祀典昭潔我禮莫違八簋充室六龍解驂神宮肅肅靈寢微微嘉薦既饗景福攸歸至德光被洪祚載輝

小廟樂歌

隋書樂志曰梁又有小廟太祖太夫人廟非嫡故別立廟皇帝每祭太廟訖諸小廟亦以一太牢如太廟禮

舞歌

閟宮肅肅清廟濟濟於穆夫人固天攸啓祚我梁德膺斯盛禮文梲達鄉重檐丹陛飾我俎彝潔我粢盛躬事奠饗推尊盡敬悠悠萬國具承茲慶大孝追遠兆庶攸詠

登歌

光流者遠禮貴彌申嘉饗云備盛典必陳追養自本立

䖍惟親皇情乃慕帝服來尊駕齊六轡旂耀三辰感兹霜露事彼冬春以斯孝德永被烝民

陳太廟舞辭　　周弘讓

隋書樂志曰陳初竝用梁樂唯改七室舞辭

凱容舞 皇祖步兵府君神室奏

於赫皇祖宮牆高嶷邁彼厥初成兹峻極緩樂簡簡閟寢翼翼祼饗若存惟靈靡測

凱容舞 皇祖正員府君神室奏

昭哉上德浚彼洪源道光前訓慶流後昆神猷緬邈清廟斯存以享以祀惟祖惟尊 惟郭作是

凱容舞皇祖懷安府君神室奏

選辰崇饗飾禮嚴敬靡愛牲牢兼馨粢盛明明列祖龍光遠暎肇我王風形斯舞詠

凱容舞皇高祖安成府君神室奏

道遥積慶德遠昌基永言祖武致享從恩九章停列八舞廻墀霧其降止百福來綏

凱容舞皇曾祖太常府君神室奏

肇迹締基義標鴻篆恭惟載德瓊源方闡享薦三清筵陳四璉增我堂構式敷帝典

景德凱容舞皇祖景皇帝神室奏

皇祖執德長發其祥顯仁藏用懷道韜光寧斯閟寢合此蕭薌永昭貽厥還符翦商

武德舞皇考高祖武皇帝神室奏

丞哉聖祖撫運升離道周經緯功格玄祇方軒邁扆比舜陵嬀緝熙是詠欽明在斯雲雷遘屯圖南共舉大定揚越震威衡楚四奥宅心九疇還叙景星出翼非雲入呂德暢容辭慶昭羽綴於穆清廟載揚徽烈嘉玉既陳豐盛斯潔是將是享鴻猷無絶

北齊享廟樂辭　陸卬等奉詔撰

肆夏樂先祀一日夕牲羣臣入奏三公出進熟羣臣入羣官出並奏肆夏辭同

霜淒雨暢烝哉帝心有敬其祀肅事惟歆昭昭車服濟濟衣簪鞠躬貢酎磬折奉琛差以五列和以八音式祗王度如玉如金

高明登歌樂 迎神奏

日卜惟吉辰擇其良奕奕清廟黼黻周張大呂爲角應鍾爲羽路鼗陰竹德歌昭舞祀事孔明百神允穆神心乃顧保茲介福

昭夏樂 牲出入奏

大祀云事獻奠有儀既歌既展贊顧迎犧執從伊竦芻飾惟慄俟用於庭將升於室且握且騂以致其誠惠我

貽頌降祉千齡

昭夏樂薦毛血奏

緬彼遐慨悠然永思留連七享纚綿四時神升魄沇靡聞靡見陰陽載俟臭聲兼薦祖考其鑒言萃王休降神敷錫百福是由

皇夏樂進熟皇帝入北門奏詰東陛升殿竝奏皇夏辭同

齊居嚴殿夙駕層闈車輅垂彩旒衮騰輝聳誠載仰翹心有慕洞洞自形斤斤表步閟宮有邃神道依稀孝心緬邈爰屬爰依

登歌樂太祝祼地奏

太室窅窅神居宿設鬱鬯惟芬珪璋惟潔粢盛應時龍蒲代用藉茅無咎福祿攸降端感會事儼思修禮齊齊勿勿俄俄濟濟

登歌樂 皇帝升殿殿上作

我祠我祖永惟厥先炎農肇聖靈祉蟬聯霸圖中造帝業方宣道昌基構撫運承天奄家六合爰兗八埏尊神致禮孝思惟纏寒來暑反惕薦在年匪敬伊慕備物不愆設簴設業鞉鼓填填辟公在位有容伊虔登歌啓佾下管應懸厥容無爽幽明肅然誠帀厚地和達穹玄既調風雨載協山川周庭有列湯孫永延教聲惟被邁後

光前

始基樂恢祚舞皇帝初獻六世祖司空公神室奏

克明克俊祖武惟昌業弘營土聲被海方有流厥德終耀其光明神幽贊景祚攸長

始基樂恢祚舞五世祖吏部尚書神室奏

顯允盛德隆我前構瑤源彌濬瓊根愈秀誕惟有族丕緒克茂大業崇新洪基增舊

始基樂恢祚舞高祖秦州使君神室奏

祖德丕顯明喆知機豹變東國鵲起西歸禮申官次命攺朝衣敬思孝享多福無違

始基樂恢祚舞曾祖太尉武貞公神室奏

兆靈有業潛德無聲韜光戢耀貫幽洞冥道弘舒卷施博藏行緬追歲事夜遽不寧

始基樂恢祚舞祖文穆皇帝神室奏

皇皇祖德穆穆其風語嘿自巳明叡在躬荷天之錫聖表克隆高山作矣寶祚其崇離光旦旦載煥載融感薦惟永神保無窮

武德樂昭烈舞高祖神武皇帝神室奏

天造草昧時難糾紛孰拯斯溺靡所救其焚大人利見緯武經文顧指維極吐吸風雲開天闢地峻嶽夷海冥工

掩迹上德不宰神心有應龍化無待義征九服仁兵告凱上平下成靡或不寧匪王伊帝偶極崇靈享親則孝潔祀惟誠禮備樂序肅贊神明

文德樂宣正舞 文襄皇帝神室奏

聖武丕基叡文顯統眇哉神啓鬱矣天縱道則人弘德云邁種昭冥咸叙崇深畢綜自中徂外經朝庇野政反淪風威還鈌雅旁作穆穆格于上下維享維宗來鑒來假

文正樂光大舞 顯祖文宣皇帝神室

玄曆已謝蒼靈告期圖璽有屬揖讓惟時龍升虎變弘

我帝基對揚穹昊寔啓雍熙欽若皇猷永懷王度欣賞斯穆威刑允措軌物俱宣憲章咸布俗無邪指下歸正路茫茫九域振以乾綱混通華裔配括天壤作禮視德列樂傳響薦祀惟虔衣冠載仰虎隋書作獻

皇夏樂皇帝還東壁飲福酒奏

孝心翼翼率禮兢兢時洗時薦或降或升在堂在戶載湛載凝多品斯奠備物攸膺蘭芬敬挹玉俎恭承受祭之祜如彼岡陵

高明樂送神奏

仰榱桷慕衣冠禮云罄祀將闌神之駕紛奕奕乘白雲

無不適窮昭域極幽塗歸帝祉眷皇都

皇夏樂 帝詣便殿奏

禮行斯畢樂奏以終受嘏先退載暢其東鑾軒循轍麾旌復路光景徘徊絃歌顧慕靈之相矣有錫無疆國圖日競家曆天長

周宗廟歌辭

皇夏 皇帝入廟門奏　庾信 下同

肅肅清廟巖巖寢門欹器防滿金人戒言應鞞懸鼓崇牙樹羽階變升歌庭紛象舞閑安象設緝熙清奠春鮪初登新蓱先薦僾然入室儼乎其位悽愴履之非寒之

謂其郭作在

昭夏降神奏

永維祖武潛慶靈長龍圖革命鳳曆歸昌功移上墋德耀中陽清廟肅肅猛虡煌煌曲高大夏聲和盛唐牲牷蕩滌蕭合馨香和鑾戾止振鷺來翔永敷萬國是則四方

皇夏俎入皇帝升階奏

年祥辨日上協龜言奉酎承列來庭駿奔雕禾飾斝翠羽承罇敬殫如此恭惟執燔

皇夏皇帝獻皇高祖奏

慶緒千重秀鴻源萬里長無時猶戢翼有道故韜光盛

德必有後仁義終克昌明星初肇慶大電久呈祥

皇夏皇帝獻皇曾祖德皇帝奏

克昌光上烈基聖穆西藩崇仁高涉渭積德被居原帝

圖張往迹王業茂前尊重芬德陽廟疊慶壽陵園百靈

光祖武千年福孝孫

皇夏皇帝獻皇祖太祖文皇帝奏

雄圖屬天造宏畧遇羣飛風雲猶聽命龍躍遂乘機百

二當天險三分拒樂推函谷風塵散河陽氛霧晞濟弱

淪風起扶危頹運歸地紐崩還正天樞落更追原祠乍

超忽畢隴或綿微終封三尺劍長卷一戎衣

皇夏 皇帝獻文宣 皇太后奏

月靈興慶沙祥發源功參禹迹德贊堯門言容典禮褕狄徽章儀形溫德令問昭陽日月不居歲時晼晼瑞雲纏心閟宮惟遠

皇夏 皇帝獻閔 皇帝奏

龍圖基代德天步屬艱難謳歌還受瑞揖讓乃登壇升輿芒刺重入位據關寒卷舒雲泥濫遊揚日浸微出鄭終無反居桐竟不歸祀夏今惟舊尊靈謚更追

皇夏 皇帝獻明 皇帝奏

若水逢降君窮桑屬惟政丕哉馭帝籙鬱矣當天命方定五雲官先齊八風令文昌氣似珠太史河如鏡南宮學已開東觀書還聚文辭金石韻毫翰風飈豎清室桂馮馮齊房芝詡詡寧思玉管笛空見靈衣舞

皇夏 皇帝獻高祖 武皇帝奏

南河吐雲氣北斗降星辰百靈咸仰德千年一聖人書成紫微動律定鳳凰馴六軍命西土甲子陳東鄰戎衣此一定萬里更無塵煙雲同五色日月並重輪流沙既西靜蟠木又東臣凱樂聞朱鷺鐃歌見白麟今爲六代祀還得九疑賓

皇夏皇帝還東壁飲福酒奏

禮殫裸獻樂極休成長離前掞宗祀文明縮酌浮蘭澄罍合鬯磬折禮容旋廻靈貺受釐撤俎飲福移樽惟光惟烈文子文孫

皇夏皇帝還便坐奏

庭闋四始筵終三薦顧步堦墀徘徊餘奠六龍矯首七萃警途鼓移行漏風轉相烏翼翼從事綿綿四時惟神降嘏永言保之

大祫樂歌二首餘同宗廟時享

昭夏降神奏

律在夾鍾服居蒼衮杳杳清思綿綿長遠就祭於合班
神於本來庭有序助祭有章樂舞六代賔歌二王和鈴
以節[illegible]革斯鏘齊宮饌玉鬱鬯浮金洞庭鐘鼓龍門瑟
琴其樂已變惟神是臨

登歌 奠玉帛奏

神惟顯思不言而令玉帛之禮敢陳莊敬奉如弗勝薦
如受命交於神明懿於言行

隋太廟歌

隋書樂志曰先是髙祖遣内史侍郎李元操直
内使省盧思道等列清廟歌辭十二曲令齊樂
人曹妙達於太樂教習以代周歌其初迎神七
言象元基曲獻奠登歌六言象傾盃曲送神禮

希四百〇七

畢五言象行天曲至是弘等但改其聲合於鐘律而辭經敕定不敢易之至仁壽元年煬帝初為太子從饗于太廟聞而非之乃上言曰清廟歌辭文多浮麗不足以述宣功德請更議定於是制詔吏部尚書奇章公弘開府儀同三司領太子洗馬柳顧言祕書丞攝太常少卿許善心內史舍人虞世基禮部尚書蔡徵等更詳故實創製雅樂歌辭大業元年煬帝又詔脩高廟樂後復難于改作其議竟寢惟新造高祖廟歌九首今亾

迎神歌

務本興教尊神體國霜露感心享祀陳則宮聯式序奔走在庭几筵結慕祼獻惟誠嘉樂載合神其降止永言保之錫以繁祉

登歌

孝熙嚴祖師象敬宗惟皇肅肅有來雍雍雕梁霞複繡橑雲重觀德自感奉璋伊恭彝斝盡飾羽綴有容升歌發藻景福來從

俎入歌郊丘社廟同

祭本用初祀由功舉駿奔咸會供神有序明酌盈樽豐犧實俎幽金旣薦纘錯維旅享由明德香非稷黍載流嘉慶克固鴻緒

皇高祖太原府君歌

締基發祥肇源興慶迺仁迺哲克明克令肅宣國圖善流人詠開我皇業七百同盛

皇曾祖康王歌

皇條俊茂帝系靈長豐功疊軌厚利重充福由善積代以德彰嚴恭盡禮永錫無疆

皇祖獻王歌

盛才必達丕基增舊涉渭同符遷邠等構弘風邁德義高道富神鑒孔昭王猷克懋渭隋書作魏

皇考太祖武元皇帝歌

深仁冥著至道潛敷皇矣太祖耀名天衢翦商隆祚奄宅隋區有命旣集誕開靈符

飲福酒歌郊丘社廟同

神道正直祀事有融肅雍備禮莊敬在躬羞燔已具奠酹將終降祥惟永受福無窮

送神歌

饗禮具利事成佇旒冕肅簪纓金奏終玉俎撤盡孝敬窮嚴絜人祗分哀樂半降景福憑幽贊

古樂苑卷第五終

古樂苑卷第六

西吴　梅鼎祚　補正

東越　吕胤昌　校閲

燕射歌辭一　晉　宋　齊

周禮大宗伯之職曰以飲食之禮親宗族兄弟以賓射之禮親故舊朋友以饗燕之禮親四方之賓客大行人掌大賓之禮大客之儀以親諸侯以九儀辨諸侯之命等諸臣之爵以同邦國之禮而待其賓客上公饗禮九獻食禮九舉侯伯饗禮七獻食禮七舉子男饗禮五獻食禮五舉諸侯之卿各下其君二等大夫士皆如之凡正饗食則在廟燕則在寢所以仁賓客也儀禮燕禮曰工歌鹿鳴四牡皇皇者華笙入奏南陔白華華黍乃閒歌魚麗笙由庚歌南有嘉魚笙崇丘歌南山有臺笙由儀遂歌鄉樂周南關雎葛覃卷耳召南鵲巢采蘩采蘋此燕饗之有樂也大司樂曰大射王出入奏王夏

及射令奏騶虞詔諸侯以弓矢舞樂師燕射帥射夫以弓矢舞大師大射帥瞽而歌射節此大射之有樂也王制曰天子食舉以樂大司樂王大食三宥皆令奏鐘鼓漢鮑業曰古者天子食飲必順四時五味故有食舉之樂所以順天地養神明求福應也此食舉之有樂也隋書樂志曰漢明帝時樂有四品其二曰雅頌樂辟雍饗射之所用則孝經所謂移風易俗莫善於樂禮記曰揖讓而治天下者禮樂之謂也三曰黃門鼓吹天子宴羣臣之所用則詩所謂坎坎鼓我蹲蹲舞我者也漢有殿中御飯食舉七曲太樂食舉十三曲魏有雅樂四曲皆取周詩鹿鳴晉荀勗以鹿鳴燕嘉賓無取於朝乃除鹿鳴舊歌更作行禮詩四篇先陳三朝朝宗之義又爲王公上壽酒食舉樂歌詩十三篇司律陳頎以爲三元肇發羣后奉璧趨步拜起莫非行禮豈容別設一樂謂之行禮荀譏鹿鳴之失似悟昔繆還制四篇復襲前軌亦未爲得也終宋齊已來相承用之梁陳三朝樂有四十九等其曲有相和五引及後雅等七曲後魏道武初正月上日饗羣臣備列宮懸正樂奏燕趙秦吳之音五方殊俗

之曲四時饗會亦用之隋煬帝初詔祕書省學士定殿前樂工歌十四曲終大業之世每舉用焉其後又因高祖七部樂乃定時五味故有食舉隋舊制用九部樂

晉四廂樂歌

晉書樂志曰杜夔傳舊雅樂四曲一曰鹿鳴二曰騶虞三曰伐檀四曰文王皆古聲辭及太和中左延年改夔騶虞伐檀文王三曲更自作聲節其名雖存而聲實異惟因夔鹿鳴全不改易每正旦大會太尉奉璧羣后行禮東廂雅樂常作者是也後又改三篇之行禮詩第一曰於赫篇詠武帝聲節與古鹿鳴同第二曰巍巍篇詠文帝用延年所改騶虞聲第三曰洋洋篇詠明帝用延年所作文王聲第四復用鹿鳴鹿鳴之聲重用而除古伐檀及晉初食舉亦用鹿鳴至泰始五年尚書奏使太僕傅玄中書監荀勗黃門侍郎張華各造正旦行禮及王公上壽酒食舉樂歌詩荀勗云魏氏行禮食舉再取周詩鹿鳴以爲樂章又鹿鳴以宴嘉賓無取於朝考之

舊聞未知所應勗乃除鹿鳴舊歌更作行禮詩四篇先陳三朝朝宗之義又爲正旦大會王公上壽歌詩并食舉樂歌詩合十三篇又以魏氏歌詩或二言或三言或四言或五言與古詩不類以問司律中郎將陳頎頎曰被之金石未必皆當故勗造晉歌皆爲四言唯王公上壽酒一篇爲三言五言焉張華以爲魏上壽食舉詩及漢氏所施用其文句長短不齊未皆合古蓋以依詠弦節本有因循而識樂知音足以制聲度曲法用率非凡近之所能改二代三京襲而不變雖詩章辭異廢興隨時至其韻逗留曲折皆繫於舊有由然也是以一皆因就不敢有所改易此則華勗所明異旨也時詔又使中書侍郎成公綏亦作焉按傅玄張華正旦大會上壽食舉詩晉書不載載宋書

正旦大會行禮歌

傅玄 下同

天鑒有晉世祚聖皇時齊七政朝此萬方 其一 鍾鼓斯震

九賓備禮，正位在朝。穆穆濟濟其二煌煌三辰，實麗于天。
君后是象，威儀孔虔。其三率禮無愆，莫匪邁德。儀刑聖皇，
萬邦惟則。其四天鑒四章，章四句

上壽酒歌

於赫明明，聖德龍興。三朝獻酒，萬壽是膺。敷佑四方，如
日之升。自天降祚，元吉有徵。於赫一章，章八句

食舉東西廂歌

天命大晉，載育羣生。於穆上德，隨時化成。其一自祖配命，
皇皇后辟。繼天創業，宣文之績。其二丕顯宣文，先知稼穡。
克恭克儉，足教足食。其三既教食之，弘濟艱難。上帝是祐，

下民所安其四天祐聖皇萬邦來賀雖安勿安乾乾匪暇其五乃正丘郊乃定冢社廙廙作宗光宅天下其六惟敬朝饗爰奏食舉盡禮供御嘉樂有序其七樹羽設業笙鏞以間琴瑟齊列亦有篪塤其八喤喤鼓鐘鎗鎗磬管八音克諧載夷載簡其九既夷既簡其大不禦風化潛興如雲如雨其十如雲之覆如雨之潤聲教所暨無思不順其十一教以化之樂以和之和而養之時惟邕熙其十二禮慎其儀樂節其聲於鑠皇繇既和且平其十三天命十三章章四句

四廂樂歌

宋書樂志曰晉荀勗造正旦大會行禮歌四篇一曰於皇當於赫二曰明明當巍巍三曰邦國

當洋洋四曰祖宗當鹿鳴王公上壽酒歌一篇
曰踐元辰當羽觴行食舉樂東西廂歌十二篇
一曰煌煌當鹿鳴二曰賓之初筵當於穆三曰
三后當昭昭四曰赫矣當華華五曰烈文當朝
宴六曰猗歟當盛德七曰隆化當綏萬邦八曰
振鷺當朝朝九曰翼翼當順天十曰既宴當陟
天庭十一曰時邕當
參兩儀十二曰嘉會

正旦大會行禮歌四章 荀勗下同

於皇元首羣生資始履端大享敬御繁祉肆覲羣后爰
及卿士欽順則元允也天子 於皇一章八句
明明天子臨下有赫四表宅心惠浹荒貊柔遠能邇孔
淑不逆來格祁祁邦家是若 明明一章八句
光光邦國天篤其祜丕顯哲命顧柔三祖世德作求奄

有九土思我皇度彝倫攸序 邦國一章八句

惟祖惟宗高朗緝熙對越在天駿惠在茲聿求厥成我皇崇之式固其猶往敬用治 祖宗一章八句

王公上壽酒歌

踐元辰延顯融獻羽觴祈令終我皇壽而隆我皇茂而萬本枝奮百世休祚鍾聖躬 踐元辰一章八句

食舉樂東西廂歌十二章

煌煌七曜重明交暢我有嘉賓是應是貺邦政既圖接以大饗人之好我式遵德讓 煌煌一章八句

賓之初筵鶬鶬濟濟既朝乃宴以洽百禮須以位叙或

廷或陛登儐台叟亦有兄弟胥子陪賚憲茲度楷觀頤養正降福孔偕賓之初筵一章十二句

肻我三后大業是維今我聖皇焜燿前暉奕世重規明照九畿思輯用光時罔有違陟禹之跡莫不來威天被顯祿福履是綏三后一章十二句

赫矣太祖克廣明德廓開寓宙正世立則變化不經民無瑕慝創業垂統兆我晉國赫矣一章八句

烈文伯考時惟帝景夷險平亂威而不猛御衡不迷皇塗燠炳七德咸宣其寧惟永烈文一章八句

猗歟盛歟先皇聖文則天作孚大哉爲君慎徽五典帝

載是勤文武發揮茂建嘉勳脩巳濟治民用寧殷懷遠燭幽玄教氤氳善世不伐服事三分德博化隆道冐無垠氤一作氛　猗歟一章十六句

隆化洋洋帝命溥將登我晉道越惟聖皇龍飛革運臨燾八荒叡哲欽明配蹤虞唐封建厥福駿發其祥三朝習吉終然允臧其臧惟何揔彼萬方元侯列辟四嶽蕃王時見世享率茲有常旅揖在庭嘉客在堂宋衛既臻陳留山陽我有賓使觀國之光貢賢納計獻璧奉璋保祐命之申錫無疆我有賓使晉書作有賓有使　隆化一章二十八句

振鷺于飛鴻漸其翼京邑穆穆四方是式無競惟人王

綱允勑君子來朝言觀其極振鷺一章八句

翼翼大君民之攸暨信理天工惠康不匱將遠不仁訓以淳粹幽明有倫俊乂在位九族既睦庶邦順比開元布憲四海鱗萃協時正統殊塗同致厚德載物靈心隆貴敷奏讜言納以無諱樹之典象誨之義類上教如風下應如卉一人有慶羣萌以遂我后宴喜令問不墜翼翼一章二十六句

既宴既喜翕是萬邦禮儀卒度物有其容聑聑庭燎喤喤鼓鍾笙磬詠德萬舞象功八音克諧俗易化從其和如樂庶品時邕既宴一章十二句

時邕份份六合同塵往我祖宣威靜殊鄰首定荆楚遂平燕秦亹亹文皇邁德流仁爰造草昧應乾順民靈瑞告符休徵響震天地弗違以和神人既戩庸蜀吳會是賓肅愼率職楛矢來陳韓濊進樂均協清鈞西旅獻獒扶南效珍蠻裔重譯玄齒文身我皇撫之景命惟新份份晉書作斌斌戩作禽均作宮　時邕一章二十六句

愔愔嘉會有聞無聲清酤既奠籩豆既馨禮充樂備簫韶九成愷樂飲酒酣而不盈率土歡豫邦國以寧王猷允塞萬載無傾嘉會一章十二句

同前

正旦大會行禮詩四首　張華下同

於赫皇祖迪哲齊聖經緯大業基天之命克開洪緒誕篤天慶旁濟彝倫仰齊七政

烈烈景皇克明克聰靜封畧定勳功成民立政儀刑萬邦式固崇軌光紹前蹤

允文烈考濬哲應期參德天地比功四時大亨以正庶績咸熈肇啓晉宇遂登皇基

明明我后玄德通神受終正位協應天人容民厚下育物流仁躋我王道輝光日新

王公上壽詩

稱元慶奉壽觴后皇延遐祚安樂撫萬方

食舉東西箱樂詩十一章

明明在上丕顯厥猷翼翼三壽蕃后惟休羣生漸德六合承流三正元辰朝慶鱗萃華夏奉職貢八荒覲殊類巖晃充廣庭鳴玉盈朝位

濟濟朝位言觀其光儀序既以時禮文煥以彰思皇享多祜嘉樂永無央

九賓在庭臚讚既通升瑞奠贄乃矦乃公穆穆天尊隆禮動容履端承元吉介福御萬邦

朝享上下咸雍崇多儀繁禮容舞盛德歌九功揚芳烈

播休蹤
皇化洽洞幽明懷柔百神輯祥禎潛龍躍雕虎仁儀鳳
鳥屆游麟枯蠹榮竭泉流菌芝茂枳棘柔和氣應休徵
弦協靈符彰帝期綏宇宙萬國和昊天成命賚皇家賚
皇家
世資聖哲三后在天啓鴻烈啓鴻烈隆王基率土謳吟
欣戴于時恪文宗象代氣著期
泰始開元龍升在位四隩同風燮寧殊類五踰來備嘉
生以遂凝庶績臻大康申繁祉俻無疆本枝百世繼緒
不忘繼緒不忘休有烈光示丕言配命惟晉之祥

聖明統世篤皇仁廣大配天地順動若陶鈞玄化參自
然至德通神明清風暢八極流澤被無垠
於皇時晉奕世齊聖惟天降嘏神祇保定弘濟區夏允
集大命有命既集光帝猷大明重曜鑒六幽聲教洋溢
惠滂流惠滂流移風俗多士盈朝賢俊比屋敦世心斲
彫反素樸反素樸懷庶方干戚舞階庭疏狄悅遐荒扶
南假重譯肅慎襲衣裳雲覆雨施德洽無疆旁作穆穆
仁化翔
朝元日賓王庭承宸極當盛明衍和樂竭祇誠仰嘉惠
懷德馨遊淳風泳淑清協億兆同歡榮建皇極統天位

運陰陽御六氣殷群生成性類王道浹洽功成人倫序
俗化清虔明祀祗三靈崇禮樂式儀刑
慶元吉宴三朝播金石詠泠簫奏九夏舞雲韶邁德音
流英聲八紘一六合寧六合寧承聖明王澤洽道登隆
綏函夏總華戎齊德教混殊風混殊風康萬國崇夷簡
尚敦德弘王度遠遐則

正旦大會行禮歌十五章　成公綏下同

穆穆天子光臨萬國多士盈朝莫匪俊德流化罔極王
猷允塞嘉會置酒嘉賓充庭羽旄曜辰極鐘鼓振泰清
百辟朝三朝式式明儀形濟濟鏘鏘金振玉聲禮樂具

宴嘉賓肴壽祚聖皇景福惟日新羣后戾止有來雍雍
獻酬納贄崇此禮容豐羞萬俎旨酒千鍾嘉樂盡宴樂
福祿咸攸同羞一作肴
樂哉天下安寧道化行風俗清簫韶作詠九成年豐穰
世泰平至治哉樂無窮元首聰明股肱忠澍豐澤揚清
風
嘉瑞出靈應彰麒麟見鳳皇翔醴泉湧流中唐嘉禾生
穗盈箱降繁祉祚聖皇承天位統萬國受命應期授聖
德四世重光宣開洪業景克昌文欽明德彌彰肇啓普
邦流祚無疆

泰始建元鳳皇龍與龍與伊何享作萬乘奄有八荒化
育黎蒸圖書既煥金石有徵德光大道熈隆被四表格
皇穹奕奕萬嗣明明顯融高朗令終保茲永祚與天比
崇既煥一作煥炳
聖皇君四海順人應天期三葉合重光泰始開洪基明
曜參日月功化侔四時宇宙清且泰黎庶咸雍熈善哉
雍熈晉書無順人
惟天降命翼仁祐聖於穆三皇載德彌盛揔齊璇璣光
統七政百揆時序化若神聖四海同風與至仁濟民育
物擬陶均擬陶均垂惠潤皇皇羣賢峨峨英雋德化宣

芬芳播來亂播來亂垂後昆清廟何穆穆皇極闢四門
皇極闢四門萬機無不綜亹亹翼翼樂不及荒飢不遑
食大禮既行樂無極
登崐崘上曾城乘飛龍升泰清冠日月佩五星揚虹蜺
建雙旌披慶雲蔭繁榮覽八極遊天庭順天地和陰陽
序四時曜三光張帝網正皇綱播仁風流惠康邁洪化
振靈威懷萬方納九夷朝閶闔宴紫微
建五旗羅鍾虡列四縣奏韶武鏗金石揚旌羽縱八佾
巴渝舞詠雅頌和律呂于胥樂樂聖主
化蕩蕩清風泄摠英雄御俊傑開宇宙掃四裔光緝熙

儀聖哲超百代揚休烈流景祚顯萬世
皇皇顯祖翼世佐時寧濟六合受命應期神武鷹揚大
化咸熙廓開皇衢用成帝基
光光景皇無競惟烈匡時拯俗休功蓋世宇宙既康九
域有截天命降鑒啓祚明哲
穆穆烈考克明克儁實天生德誕膺靈運肇建帝業開
國有晉載德奕世垂慶洪胤
明明聖帝龍飛在天與靈合契通德幽玄仰化青雲俯
育重川受靈之祜於萬斯年淵書作川

王公上壽酒歌

上壽酒樂未央大晉應天慶皇帝永無疆

冬至初歲小會歌　張華

日月不留四氣回周節慶代序萬國同休庶尹羣后奉壽升朝我有嘉禮式宴百僚繁肴綺錯旨酒泉渟笙鏞和奏磬管流聲上隆其愛下盡其心宣其壅滯詠之德音乃宣乃訓配享交泰永載仁風長撫無外（同一作咸　壽一作爵）

宴會歌　張華

亹亹我皇配天垂光留精日昃經覽無方聽朝有暇延命衆臣冠蓋雲集罇俎星陳肴蒸多品八珍代變羽爵無算究樂極宴歌者流聲舞者投袂動容有節絲竹並

設宣暢四體繁手趣摯懽足發和酣不忘禮好樂無荒翼翼濟濟

中宮所歌　張華

先王統大業玄化漸八維儀刑孚萬邦內訓隆壼闈皇英垂帝典大雅詠三妃執德宣隆教正位理厥機含章體柔順帥禮蹈謙祗螽斯弘慈惠樛木逮幽微徽音穆清風高義邈不追遺榮參日月百世仰餘暉（機一作司）

宗親會歌　張華

族燕明禮順餟食序親親骨肉散不殊昆弟豈他人本枝篤同慶棠棣著先民於皇聖明后天覆弘且仁降禮

崇親戚旁施協族姻式宴盡酣娛飲御備羞珍和樂旣宣洽上下同歡欣德教加四海敦睦被無垠

中宮詩 二首詩紀云張華中宮所歌體與此同 成公綏

殷湯令妃有莘之女仁教内修度義以處清謐後宮九嬪有序尹爲媵臣遂作元輔 周詩逸軌作賢明誦

天地不獨立造化由陰陽乾坤垂覆載日月曜重光治國先家道立教起閨房二妃濟有虞三母隆周王塗山興大禹有莘佐成湯齊晉霸諸侯皆賴姬與姜關雎思賢妃此言安可忘 燕射樂歌詔入公綏同華等作疑此亦中宮所歌今附

宋四箱樂歌

宋書樂志曰王韶之造四箱樂歌五篇隋書樂志曰梁武帝云著晉宋史者皆言太元元嘉四年四箱金石大備今檢樂府止有黃鍾姑洗蕤賓太簇四格而已六律不具何謂四箱

王韶之

肆夏樂歌

四章客入四箱振作於鑠曲皇帝當陽四箱振作將將曲皇帝入變服四箱振作於鑠將將二曲又黃鍾太簇二箱作法章九功二曲古今樂錄曰按周禮云王出入奏王夏賓出入奏肆夏肆夏本施之於賓帝王出入則不應奏肆夏也

於鑠我皇體仁包元齊明日月比量乾坤陶甄百王稽則黃軒訏謨定命辰告四蕃

將將蕃后翼翼羣僚盛服待晨明發來朝饗以入珍樂以九部御祗天顏厥猷孔昭

法章既設初筵長舒濟濟列辟端委皇除飲和無盈威儀有餘温恭在位敬終如初

九功既歌六代惟時被德在樂宣道以詩穆矣太和品物咸熙慶積自遠告成在兹

大會行禮歌 二章姑洗箱作

大哉皇宋長發其祥纂系在漢統源伊唐德之克明休有烈光配天作極展居四方

皇矣我后聖德通靈有命自天誕受休禎龍飛紫極造我宋京光宅宇宙赫赫明明

王公上壽歌 三章黄鍾箱作

獻壽爵慶聖皇靈祚窮二儀休明等三光

殿前登歌别用金石

明明大宋緝熙皇道則天垂化光定天保天保既定肆覲萬方禮繁樂富穆穆皇皇

沔彼流水朝宗天池洋洋貢職抑抑威儀既習威儀亦閑禮容一人有則作孚萬邦

烝哉我皇固天誕聖履端惟始對越休慶如天斯久如日斯盛介茲景福永固駿命

食舉歌十章黄鍾太簇二箱更作黄鍾作晨羲體至和王道開元辰禮有容五曲太簇作五玉懷荒裔皇猷緝惟永水初王道純五曲

晨義載曜萬物咸覩嘉慶三朝禮樂備舉元正肇始典章暉明萬方畢來賀華裔充皇庭多士盈九位俯仰觀玉聲恂恂俯仰載爛其輝鼓鐘震天區禮容塞皇闈思樂窮休慶福履同所歸

五玉既獻三帛是薦爾公爾侯鳴玉華殿皇皇聖后隆禮南面元首納嘉禮萬邦同歡願休哉君臣嘉燕建五旗列四縣樂有文禮無倦融皇風窮一變

體至和感陰陽德無不柔繁休祥瑞徵璧應嘉鍾舞靈鳳躍潛龍景星見甘露墜木連理禾同穗玄化洽仁澤敷極禎瑞窮靈符

懷荒裔綏齊民荷天祐靡不賓靡不賓長世弘盛昭明
有融繁嘉慶繁嘉慶熙帝載合氣咸和蒼生欣戴三靈
協瑞惟新皇代
王道四達流仁布德窮理詠乾元垂訓順帝則靈化侔
四時幽誠通玄默德澤被八紘乾寧軌萬國
皇猷緝咸熙泰禮儀煥帝庭要荒服遐外被髮襲纓冕
左衽回衿帶天覆地載流澤汪濊罄教布護德光大
開元辰畢來王奉貢職朝后皇鳴珩佩觀典章樂王度
悅徽芳陶盛化遊太康丕昭明永克昌
惟永初德丕顯齊七政敷五典彝倫序洪化闡王澤流

太平始樹聲教明皇紀和靈祇恭明祀衍景祚膺嘉祉
禮有容樂有儀金石陳干羽施邁武濩均咸池歌南風
舞德稱文武煥頌聲興
王道純德彌淑寧八表康九服道禮讓移風俗移風俗
永克融歌盛美造成功詠徽烈邈無窮

齊四廂樂歌

南齊書樂志曰元會大饗四廂樂齊微改革多仍宋舊辭其臨軒樂亦奏肆夏於鑠四章云

肆夏樂歌 四章

於鑠我皇體仁苞元齊明日月比量乾坤陶甄百王稽
則黃軒訏謨定命辰告四蕃 右一曲客入四廂奏

將將蕃后翼翼羣僚盛服待晨明發來朝饗以入珍樂以九韶仰祗天顏厥猷孔昭（右一曲皇帝當陽四箱奏 皇帝入變服四箱并奏前）

二曲

法章既設初筵長舒濟濟列辟端委皇除飲和無盈威儀有餘温恭在位敬終如初

九功既歌六代惟時被德在樂宣道以時穆矣大和品物咸熈慶積自遠告成在兹（右二曲皇帝入變服 黃鍾太簇二廂奏）

大會行禮歌二章

大哉皇齊長發其祥祚隆姬夏道邁虞唐德之克明休有烈光配天作極宸居四方

皇矣我后聖德通靈有命自天誕授休禎龍飛紫極造我齊京光宅宇宙赫赫明明 右二曲姑洗廂奏

上壽歌

獻壽爵慶聖皇靈祚窮二儀休明等三光 右一曲黃鍾箱奏

殿前登歌 三章

明明齊國緝熙皇道則天垂化光定天保天保既定肆覲萬方禮繁樂富穆穆皇皇

洒彼流水朝宗天池洋洋貢職抑抑威儀既習威儀亦閑禮容一人有則作孚萬邦

烝哉我皇寔靈誕聖履端惟始對越休慶如天斯崇如

日斯盛介茲景福永固洪命右三曲別用金石太樂令跪奏

食舉歌 十章

晨儀載煥萬物咸覩嘉慶三朝禮樂備舉元正肇始典章徽明萬方來賀華夷充庭多士盈九德俯仰觀玉聲恂恂俯仰載爛其暉鐘鼓震天區禮容塞皇闈思樂窮休慶福履同所歸

五玉既獻三帛是薦爾公爾矦鳴玉華殿皇皇聖后降禮南面元首納嘉禮萬邦同歡願休哉休哉君臣熙宴建五旗列四縣樂有文禮無勸融皇風窮一變

禮至和感陰陽德無不柔繁休祥瑞徵璧應嘉鍾儛雲

鳳躍潛龍景星見甘露墜木連理禾同穗玄化洽仁澤
敷極禎瑞窮靈符
懷荒遠綏齊民荷天祐靡不賓靡不賓長世盛昭明有
融繁嘉慶繁嘉慶熙帝載含氣感和蒼生欣戴三靈協
瑞惟新皇代
王道四達流仁布德窮理詠乾元垂訓從帝則靈化侔
四時幽誠通玄默德澤被八紘禮章軌萬國
皇猷緝咸熙泰禮儀煥帝庭要荒服遐外被髮襲纓冕
左衽回衿帶天覆地載澤流汪濊聲教布濩德光大
開元辰畢來王奉貢職朝后皇鳴珩佩觀典章樂王慶

恍徽芳陶盛化遊太康惟昭明永克昌
惟建元德丕顯齊七政敷五典彝倫序洪化闡王澤流
太平始樹靈祇恭明祀衍景祚膺嘉祉
禮有容樂有儀金石陳干羽施邁武濩均咸池歌南風
德永稱文明煥頌聲興
王道純德彌淑寧八表康九服導禮讓移風俗移風俗
永克融歌盛美告成功詠休烈邈無窮右黃鍾先奏晨儀篇太簇奏五
玉篇餘八篇
二廂更奏之

古樂苑卷第六終

古樂苑卷第七

西吳　梅鼎祚　補正

東越　呂胤昌　校閱

燕射歌辭二 梁 北齊 北周 隋

梁三朝雅樂歌

俊雅三曲四言衆官出入奏隋書樂志曰宋元徽三年儀注奏肅咸樂齊及梁初亦同至是改爲俊雅取禮記王制云司徒選士之秀者升之學曰俊士也二郊太廟明堂三朝同用焉　沈約下同

設官分職髦俊攸俟髦俊伊何貴德尚齒唐乂咸事周寧多士區區衛國猶賴君子漢之得人帝猷乃理

開我八襲闢我九重珩珮流響纓紱有容袞衣前邁列辟雲從義兼東序事美西雍分階等肅異列齊恭重列北上分庭異陛百司揚職九賓相禮齊宋舅甥魯衛兄弟思皇藹藹羣龍濟濟我有嘉賓實惟愷悌

胤雅 一曲四言皇太子出入奏隋書樂志曰胤雅取詩君子萬年永錫祚胤也三朝用之

自昔殷代哲王迭有降及周成惟器是守上天乃眷大梁既受灼灼重明仰承元首體乾作貳命服斯九置保置師居前居後前星比耀克隆萬壽

寅雅 一曲三言王公出入奏隋書樂志曰寅雅取尚書周官云貳公弘化寅亮天地也三朝用之

禮莫違樂具舉延藩辟朝帝所執桓蒲列齊莒垂衮毳
紛容與升有儀降有序齊簪紱忘笑語始矜嚴終酣酹

介雅 三曲五言上壽酒奏隋書樂志曰介雅取詩大雅云君子萬年介爾景福也三朝用之

百福四象初萬壽三元始拜獻惟衮職同心協卿士北
極永無窮南山何足擬
壽隨百禮洽慶與三朝升惟皇集繁祉景福互相仍申
錫永無遺穰簡必來應
百味既含馨六飲莫能尚玉罍信湛湛金巵頗搖漾敬
舉發天和祥祉流嘉貺

需雅 八曲七言食舉奏隋書樂志曰需雅取易象曰雲上於天需君子以飲食宴樂也三朝用之

實體平心待和味庶羞百品多爲貴或鼎或鼒宣九沸
楚桂胡鹽芼芳卉加籩列俎彫且蔚
五味九變兼六和令芳甘旨庶且多三危之露九期禾
圓按方丈粲星羅皇舉斯樂同山河
九州上腴非一族玄芝碧樹壽華木終朝采之不盈掬
用拂腥羶和九穀既甘且飫致遐福
人欲所大味爲先興和盡敬咸在旃碧鱗朱尾獻嘉鮮
紅毛綠翼墜輕翮臣拜稽首萬斯年

擊鍾以俟惟大國況乃御天流至德侑食斯舉揚盛則

其禮不愆儀不忒風猷所被深且塞

膳夫奉職獻芳滋不麛不夭咸以時調甘適苦別澠淄

其德不爽受福釐於焉逸豫永無期

備味斯饗惟至聖咸降人神禮爲盛或風或雅流歌詠

負鼎言歸啓殷命悠悠四海同茲慶

道我六穗羅八珍洪鼎自爨匪勞薪荆包海物必來陳

滑甘滫瀡味和神以斯至德被無垠

雍雅三曲四言撤饌奏隋書樂志曰雍雅取禮記仲尼燕居云大饗客出以雍撤也三朝之用

明明在上其儀有序終事靡諐收鉶撤俎乃升乃降和樂備舉天德莫違人謀是與敬行禮達茲爲讌語我餕惟阜我肴孔庶嘉味既充食旨斯飫屬厭無爽沖和在御擊壤齊歡懷生等豫蒸庶乃粒實由仁恕百司警列皇在在陛既飫且醑卒食成禮其容穆穆其儀濟濟凡百庶僚莫不愷悌奄有萬國抑由天啓

同前 說見梁雅樂歌注

俊雅 三曲　　蕭子雲 下同

惟王建國辨方正位於赫有梁向明而治知人則哲聰明文思思皇多士俊乂咸事弗惟其官惟人乃備訓迪

庶工位以德序恭已而治垂旒當宁或以言揚或以事舉春朝秋覲圭幣惟旅翼翼酆郇峨峨齊楚客入金奏賓至縣興威儀有則是降是升百辟卿士元首是承左右秩秩終敬且矜彝倫攸序王猷以凝

亂雅一曲

天下爲家大粱受命眷求一德惟烈無競儀刑哲王元良誕慶灼灼明兩作離承聖英華外發温文成性立師立保左右惟政休有烈光前星比盛（求一作永）

寅雅一曲

車同軌行同倫來萬國相九賓延羣后朝盡臣禮時行

樂日新擬夷則奏雅寅衮衣曜玉帛陳儀抑抑皇恂恂

介雅 三曲

明君創洪業大同登頌聲開元洽百禮來儀奏九成申錫南山祚赫赫復明明

三朝禮樂和百福隨春酒玉樽湛而獻聰明作元后安樂享延年無疆臣拜手

四氣新元旦萬壽初今朝趨拜齊衮玉鍾石變簫韶日升等皇運洪基邈且遙

需雅 八曲

農用八政食爲元播時百穀民所天禘嘗郊社盡潔虔

讌饗饋食禮節宣九功惟序登頌絃

感物而動物靡遂大羮不和有遺味非極口腹而行氣節之民心殺攸貴寧為禮本饔與餼始諸飲食物之初設卦觀象受以需蒸民乃粒有牲蒭自衛反魯刪詩書弋不射宿殺已袪在昔哲王觀民志庶羞百品因時備為善不同同歸治蔬膳非食化始至卒物以躬行尊位雅有洞酌風采蘋蘊藻之菜非八珍澗溪沼沚貴先民明信之德感人神譬諸禴祭在西鄰行葦之微猶勿踐寧惟血氣無身翦聖人之心微而顯

千里之應出言善況遂豚魚葦前典
春酸夏苦冬有宜筐筥錡釜備糗馳逡巡揖讓詔司儀
卑高制節明等差君臣之序正在斯
日月光華風四塞規饗有序儀不忒匪天私梁乃佑德
光被四表自南北長世綴旒爲下國

雍雅 三曲

穆穆天子時惟聖敬濟濟羣公恭爲德柄爲撤有典膳
夫是命禮行禘嘗義光朝聘神饗其德民洽其慶
尚有和羹既戒且平亦有其餕亦惟克明其餕惟旅其
酳惟成百禮斯洽三肴已行明哉元首遹駿其聲

戒食有章卒食惟序庭鳴金奏凱收籩管客出以雍撤以振羽離磬乃作和鍾備舉濟濟威儀喤喤簨簴

北齊元會大饗歌

隋書樂志曰北齊元會大饗協律不得升陛黃門舉麾於殿上

肆夏 賓入門四箱奏

昊蒼眷命興王統天業高帝始道邈皇先禮成化穆樂合風宣賓朝荒夏揚對穹玄 揚對一作對揚

皇夏 皇帝出閤奏

夏正肇旦周物充庭具僚在位俛伏無聲大君穆穆宸儀動晬日煦天迴萬靈胥萃

皇夏 皇帝當扆羣臣奉賀奏

天子南面乾覆離明三千咸列萬國塡幷猶從禹會如次湯庭奉茲一德上下和平

皇夏 皇帝入宁變服黃鍾太簇二箱奏

我應天曆四海爲家協同內外混一戎華鶴蓋龍馬風乘雲車夏章夷服其會如麻九賓有儀八音有節肅肅於位飮和在列四序氤氳三光昭晰君哉大矣軒唐比轍

皇夏 皇帝變服移幄坐於西箱帝出升御坐姑洗箱奏

皇運應籙廓定區寓受終以文構業以武堯咨命舜舜

亦命禹大人馭歷重規沓矩欽明在上昭納八夤從靈
體極誕聖窮神化生羣品陶育烝人展禮肆樂協此元
春

肆夏 王公奠璧奏

萬方咸暨三揖以申垂旒馮玉五瑞交陳拜稽有章升
降有節聖皇負扆虞唐比烈

上壽曲 上壽黃鍾箱奏

仰三光奏萬壽人皇御六氣天地同長久

登歌 皇太子入至坐位酒至御殿上奏三曲

大齊統曆道化光明馬圖呈寶龜籙告靈百蠻非衆八

荒非遜同作堯人俱包禹迹
天覆地載成以四時惟皇是則比大於茲羣星拱極衆
川赴海萬寓駿奔一朝咸在
齊之以禮相趨帝庭應規蹈矩玉色金聲動之以樂和
風四布龍申鳳舞鸞歌麟步

食舉樂 食至御前奏十曲

三端正啓萬方觀禮具物充庭二儀合體百華照曉千
門洞晨或華或裔奉贄惟新悠悠亘六合圓首莫不臣
仰施如雨晞和猶日風化表笙鏞歌謳被琴瑟誰言文
軌異今朝混爲一

彤庭爛景丹陛流光懷黃綰白鵷鷺成行文贊百揆武
鎮四方折衝鼓雷電獻替協陰陽大矣哉道邁上皇陋
五帝狹三皇窮禮物該樂章序冠帶垂衣裳
天壤和家國穆悠悠萬類咸孕育契冥化侔大造靈効
珍神歸寶興雲氣飛龍蒼麟一角鳳五光朱雀降黃玉
表九尾馴三足擾化之定至矣哉瑞感德四方來
囹圄空水火菽粟求賢振滯棄珠玉衣不靡宮以卑當
陽端嘿垂拱無爲云云萬有其樂不訾
嗟此舉時逢至道肖形咸自持賦命無傷天行氣進皇
輿遊龍服帝皁聖主寧區宇乾坤永相保

牧野征鳴條戰大齊家萬國拱揖應終禪奧主廓清都
大君臨赤縣高居深視當扆正殿旦暮之期今一見
兩儀分牧以君陶有象化無垠大齊德邈誰羣超鳳火
冠龍雲露以潔風以薰縈光至氣氤氲
神化遠人靈協寒暑調風雨爕披泥檢受圖諜圖諜啓
期運昌分四序綴三光延寶祚眇無疆
惟皇道升平日河水清海不溢雲干呂風入律驅黔首
入仁壽與天高竝地厚
刑以厝頌聲揚皇情邈眷汾襄岱山髙酡林壯亭亭聳
云云望旆葳蕤駕騤騤刋金闕奠玉龜

皇夏皇帝入鍾鼓奏

禮終三爵樂奏九成允也天子穹壤和平載色載笑反寢宴息一人有祉百神奉職

周五聲調曲

序曰元正饗會大禮賓至食舉稱觴薦玉六律既從八風斯暢以歌大業以舞成功

宮調曲五首　庾信下同

氣離清濁割元開天地分三才初辨正六位始成文繼天爰立長安民乃樹君其明廣如日其澤厚如雲惟昔我文祖撥亂拒謳歌三分未撫運八百不陵河禮敷天下信樂正神人和風塵行息警江海欲無波

我皇承下武革命在君臨膺圖當舜玉嗣德受堯琴沈首多推運陽城有讓心就日先知遠觀淵早見深玄精實委御蒼正乃皆平履端朝萬國年祥慶百靈玉帛咸觀禮華戎各在庭鳳響中夷則天文正玉衡皇基自天保萬物乃由庚祥一作期握衡平地紀觀象正天樞祺祥鍾赤縣靈瑞炳皇都更受昭華玉還披蘭葉圖金波來白兔弱木下蒼烏玉斗調元協金沙富國租青丘還擾圃丹穴更巢梧安樂新咸慶長生百福符

明明九族序穆穆四門賓陰陵朝北附蟠木引東臣潤

途求板築溪源取釣綸多士歸賢戚維城屬茂親貴位
連南斗高榮據北辰迎時乃推策司職且班神日月之
所照霜露之所均永從文軌一長無外戶人
鬱盤舒棟宇崢嶸侔大壯拱木詔林衡全模徵梓匠千
櫨綺翼浮百栱長虹抗北去邯鄲道南來偃師望龍首
載文榱雲楣承武帳居者非求隘卑宮豈難尚壯麗天
下觀是以從蕭相

變宮調 二首

帝遊光出震君明擅在離巖廊惟睿顧欽若尚無爲龍
穴非難附鸞巢欲可窺具茨應不遠汾陽寧足隨烝民

播殖重溝洫劬勞多桑林還注雨積石遂開河明徵逢
永命平秩值年和更有薰風曲方聞晨露歌
移風廣軒曆崇德盛唐年成文與大雅出豫動鈞天黃
鍾六律正閶闔八風宣孤竹調陽管空桑節雅弦舞林
鸞更下歌山鳳欲前聞音能辨俗聽曲乃思賢感物觀
治亂心恒防未然君子得其道太平何有焉

商調曲 四首

君以宮唱寬大而謨明臣以商應聞義則可行有能爲
政訪道於容成殷湯受命委任於阿衡忠其敬事有罪
不逃刑誦其箴諫言之無隱情有剛有斷四方可以寧

地之大德曰生涇渭同流清濁異能琴瑟並御雅鄭殊
聲擾擾烝人聲教不一茫茫禹跡車軌未并志在四海
而尚恭儉心包宇宙而無驕盈言而無文行之不遠義
而無立勤則無成惻隱其心訓以慈惠流宥其過哀矜
典刑
匡贊之士或從漁釣雲雨之才乍歎幽谷尋芳者追深
逕之蘭識韻者探窮山之竹克明其德貢以三事樹之
風聲言于九牧協用五紀風若從時農用八政甘作其
穀殊風共軌見之周南異畝同穎聞之康叔祁寒暑雨
是無胥怨天覆雲油滋焉滲漉幸無謝上古之淳人庶

可以封之於比屋探一作採

徵調曲 六首

乾巛以含養覆載日月以貞明照臨達人以四海爲務
明君以百姓爲心水波瀾者源必遠樹扶踈者根必深
雲雨取施無不洽廊廟求才多所任
淳風布政常無欲至道防人能變俗求仁義急於水火
用禮讓多於菽粟屈軼無佞人可指獬豸無繁刑可觸
王道蕩蕩用無爲天下四人誰不足
聖人千年始一生黃河千年始一清攝提以之而從紀
玉燭於是而文明東南可以補地缺西北可以正天傾

浮黿則東海可厲運錘則南山可平衆仙就朝於瑤水
羣帝受享於明庭懷和則鉥任竝奏功烈則鍾鼎俱銘
三光以記物呈形四時以裁成正位雷風大山嶽之響
寒暑通陰陽之氣武功則六合攸同文教則二儀經緯
有道則咸浴其德好生則各蘩其類白日經天中則移
明月横漢滿而虧能虧能缺旣無爲雖盈雖滿則不危
開信義以爲苑囿立道德以爲城池周監二代所損益
郁郁乎文其可知庖犧之親臨佃漁神農之躬秉耕稼
湯則救旱而憂勤禹則正冠而無暇草上之風無不偃
君子之眡知而化將欲比德於三皇未始追蹤於五霸

纖纖不絕林薄成涓涓不止江河生事之毫髮無謂輕
慮遠防微乃不傾雲官乃垂拱大君鳳曆惟欽明元首
類上帝而禋六宗望山川而朝羣后地鏡則山澤俱開
河圖則魚龍合負我之天綱莫不該閶闔九關天門開
卿相則風雲玄感匡贊則星辰下來既興周室之三聖
乃舉唐朝之八才華臣參謀於左相大老教政於中台
其宜作則於明哲故無崇信於姦回
正陽和氣萬類繁君王道合天地尊黎人耕植於義圃
君子翱翔於禮園落其實者思其樹飲其流者懷其源
咎繇爲謀不仁遠士會爲政羣盜奔克寬則昆蟲內向

彰信則殊俗宅心浮橋有月支抱馬上苑有烏孫學琴
赤玉則南海輸賮白環則西山獻琛無勞鑿空於大夏
不待蹶角於蹛林

羽調曲 五首

樹君所以牧人立法所以靜亂首惡既其南巢元兇於
是北竄居休氣而四塞在光華而兩旦是以雨施作解
是以風行惟涣周之文武洪基光宅天下文思千載克
聖咸熙七百在我應期實昊天有成命惟四方其訓之
運平後親之俗時亂先踈之雄踰桂林而驅象濟弱水
而承鴻既浮干呂之氣還吹入律之風錢則都內貫朽

倉則常平粟紅火中乃寒乃暑年和一風一雨聽鍾磬
念封疆聞笙竽思畜聚瑤琨篠簜既從惟石鈆松卽序
長樂善馬成廐水衡黃金爲府
百川乃宗巨海衆星是仰北辰九州攸同禹跡四海合
德堯臣朝陽栖於鳴鳳靈畤牧於般麟雲玉葉而五色
月金波而兩輪涼風迎時北狩小暑戒節南巡山無藏
於紫玉地不受於黃銀雖南征而北怨實西略而東賓
旣永清於四海終有慶於一人
定律零陵玉管調鍾始平銅尺龍門之下孤桐泗水之
濱鳴石河靈於是讓珪山精所以奉璧滌九川而賦稅

粟三危而納錫非里之禾六穗江淮之茅三脊可以玉檢封禪可以金繩探冊終永保於鴻名足揚光於載籍太上之有立德其次之謂立言樹善滋於務本除惡窮於塞源沖深其智則厚昭明其道乃尊仁義之財不匱忠信之禮無繁動天無有不屆惟時無幽不徹作德心逸日休作僞心勞日拙自非剛克掩義無所離于勦絕

隋元會大饗歌

皇夏 皇帝出入殿庭奏 郊丘社廟同用

深哉皇度粹矣天儀司陛整蹕式道先馳八屯霧擁七萃雲披退揚進揖步矩行規句陳乍轉華蓋徐移羽旗

照耀珪組陸離居高念下處安思危照臨有度紀律無
虧

肆夏皇太子出入奏

惟熙帝載式固王猷體乾建本是曰孟侯馳道美漢寢
門稱周德心既廣道業惟優傅保斯導賢才與遊瑜玉
發響畫輪停輈皇基方峻七鬯恒休

食舉歌食舉奏八曲

燔黍設教禮之始五味相資火爲紀平心和德在甘旨
牢羞既陳鍾石俟以斯而御揚盛軌
養身必敬禮食昭時和歲阜庶物饒鹽梅既濟鼎鉉調

特以膚腊加臕膮感儀濟濟懋皇朝
饗人進羞樂侑作川潛之膾雲飛臛甘酸有宜芬芍藥
金敦玉豆盛交錯御鼓既聲安以樂
玉食惟后膳必珍芳菰既潔重秬新是能安體又調神
荊包畢至海貢陳用之有節德無垠
嘉羞入饋猶化謐沃土名滋帝臺實陽華之菜雕陵栗
鼎俎芬芳豆籩溢通幽致遠車書一
道高物備食多方山膚既善水豢良桓蒲在位簨業張
加籩折俎爛成行恩風下濟道化光
禮以安國仁爲政具物必陳饗牢盛罝罘斤斧順時令

懷生熈熈皆得性於茲宴喜流嘉慶

皇道四達禮樂成臨朝日舉表時平甘芳既飫酺以清

揚休玉巵正性情隆我帝載永明明

上壽歌上壽酒奏

俗巳乂時又良朝玉帛會衣裳基同北辰久壽共南山

長黎元鼓腹樂未央

宴羣臣登歌燕饗羣臣奏登歌并文舞武舞

皇明馭歷仁深海縣載擇良辰式陳高宴顒顒卿士昂

昂矦甸車旗煜爚衣纓蔥蒨樂正展懸司宮飾殿三揖

稱禮九賓爲傳圓鼎臨碑方壺在面鹿鳴成曲嘉魚入

薦筐篚相輝獻酬交徧飲和飽德恩風長扇

大射登歌

道謐金科照時乂玉條明優賢饗禮洽選德射儀成鑾旗鬱雲動寶軑儼天行巾車整三乏司裘飾五正鳴球響高殿華鐘震廣庭烏號傳昔美淇衛著前名揖讓皆時傑升降盡朝英附枝觀體定杯水覩心平豐觚旣來去燔炙復從橫欣看禮樂盛喜遇黃河清

皇后房內歌

隋書樂志曰高祖龍潛時頗好音樂嘗倚琵琶作歌二章名曰地厚天高託言夫婦之義牛弘脩皇后房內之樂因取之爲房內曲命婦入幷登歌上壽竝用之煬帝大業初柳顧言議以爲

房內樂者主爲王后弦歌諷誦以事君子故以房室爲名其樂必有鍾磬乃益歌鍾歌磬土革絲竹副之并升歌下管摠名房內之樂女奴肄習朝燕用焉

至順垂典正內弘風母儀萬國訓範六宮求賢啓化進善宣功家邦載序道業斯融

古樂苑卷第七終

古樂苑卷第八

西吳　梅鼎祚　補正
東越　呂胤昌　校閱

鼓吹曲辭

鼓吹曲一曰短簫鐃歌劉瓛定軍禮曰鼓吹未知其始也漢班壹雄朔野而有之矣鳴笳以和簫聲非八音也騷人云鳴篪吹竽是也宋書樂志曰鼓吹葢短簫鐃歌蔡邕曰軍樂也黄帝岐伯所作以揚德建武勸士諷敵也周官曰師有功則愷樂左傳曰晉文公勝楚振旅凱而入司馬法曰得意則愷樂愷歌雍門周説孟嘗君鼓吹于不測之淵説者云鼓自一物吹自竽籟之屬非簫鼓合奏別爲一樂之名也然則短簫鐃歌此時未名鼓吹矣應劭漢鹵簿圖惟有騎執箛箛即笳不云鼓吹而漢世有黄門鼓吹漢享宴食舉樂十三曲與魏世鼓吹長簫同長簫短簫伎錄竝云絲竹合作執節者

歌又建初錄云務成黃爵玄雲遠期皆騎吹曲非鼓吹曲此則列於殿庭者爲鼓吹今之從行鼓吹爲騎吹二曲異也又孫權觀魏武軍作鼓吹而還此又應是今之鼓吹魏晉世又假諸將帥及牙門曲蓋鼓吹斯則其時謂之鼓吹矣魏晉世給鼓吹甚輕牙門督將五校悉有鼓吹晉江左初臨川太守謝摛每寢輒夢聞鼓吹有人爲其占之曰君不得生鼓吹當得死鼓吹爾摛擊杜弢戰沒追贈長水校尉葬給鼓吹焉謝尚爲江夏太守詣安西將軍庾翼於武昌咨事翼與尚射曰卿若破的當以鼓吹相賞尚射破的便以其副鼓吹給之今則甚重矣西京雜記曰漢大駕祠甘泉汾陰備千乘萬騎有黃門前後部鼓吹則不獨列於殿庭者名鼓吹也漢遠如期曲辭有雅樂陳及增壽萬年等語無馬上奏樂之意則遠期又非騎吹曲也晉中興書曰漢武帝時南越加置交趾九眞日南合浦南海鬱林蒼梧七郡皆假鼓吹東觀漢記曰建初中班超拜長史假鼓吹麾幢則短簫鐃歌漢時已名鼓吹不自魏晉始也崔豹古今註曰漢樂有黃門鼓吹天子所以宴樂羣臣也短簫鐃歌鼓吹之一

章爾亦以賜有功諸侯齊武帝時壽昌殿南閣置
白鷺鼓吹二曲以爲宴樂隋志陳後主常遣宮女
習北方簫鼓謂之代北酒酣則奏之此又施於燕
私矣古今樂錄有梁陳時宮懸圖四隅各有鼓吹
樓而無建鼓鼓吹樓者昔蕭史吹簫於秦秦人爲
之築鳳臺故鼓吹陸則樓車水則樓船其在庭則
以簨簴爲樓也梁又有鼓吹熊羆十二按其樂器
有龍頭大棡鼓中鼓獨揭小鼓亦隨品秩給賜焉
周武帝每元正大會以梁按架列於懸間與正樂
合奏隋又於桉下設熊羆貙豹騰倚承之以象百
獸之舞楊慎升菴詞品曰鼓吹曲其昉黃帝記里
鼓之制乎後世有鼓吹騎吹雲吹之名建初錄云
列於殿廷者名鼓吹列於行駕者名騎吹又云鼓
吹陸則樓車水則樓船其在庭則以簨簴爲樓水
行則謂之雲吹朱鷺臨高臺諸篇則鼓吹曲務成
黃爵則騎吹曲水調河傳則雲吹曲宋之問詩稍
看朱鷺轉尚識紫騮驕此言鼓吹也謝脁詩鳴笳
翼高蓋疊鼓送華輈此言騎吹也梁簡文詩廣水
浮雲吹江風引夜衣此言雲吹也郭茂倩左克明
並曰鼓吹短簫鐃歌與橫吹曲得通名鼓吹但所

用異耳

漢有朱鷺等二十二曲列於鼓吹謂之鐃歌及魏受命使繆襲改其十二曲而君馬黃雉子班聖人出臨高臺遠如期石留務成玄雲黃爵釣竿十曲並仍舊名是時吳亦使韋昭改製十二曲其十曲亦因之而魏吳歌辭存者唯十二曲餘皆不傳晉武帝受禪命傅玄製二十二曲而玄雲釣竿之名不改舊漢宋齊並用漢曲又充庭十六曲梁高祖乃去其四留其十二更制新歌合四時也北齊二十曲皆改古名其黃爵釣竿畧而不用後周宣帝革前代鼓吹制爲十五曲並述功德受命以相代隋制列鼓吹爲四部

漢鐃歌

漢鼓吹鐃歌十八曲一曰朱鷺二曰思悲翁三曰艾如張四曰上之回五曰擁離六曰戰城南七曰巫山高八曰上陵九曰將進酒十曰君馬黃十一曰芳樹十二曰有所思十三曰雉子班

十四曰聖人出十五曰上邪十六曰臨高臺十
七曰遠如期十八曰石留又有務成玄雲黃爵
釣竿亦漢曲也其辭亾或云漢鐃歌二十二無
釣竿古今樂錄曰漢鐃歌皆聲辭艶相雜不復
可分沈約云樂人以音聲相傳訓詁不可復解
凡古樂錄皆大字是辭細字是聲聲辭合寫故
致然耳藝苑卮言曰鐃歌中有難解及迫詰屈
曲者如絲如魚乎悲矣堯羊蜚從王孫行之類
或謂有缺文斷簡妃呼豨收中吾之類或謂曲
調之遺聲或謂兼正辭塡調大小混錄至有直
以爲不足觀者巫山高芝爲車非三言之始乎
臨高臺以軒桂樹雙珠靑絲玳瑁非五言之神
足乎駕六飛龍四時和江有香草目以蘭黃鵠
高飛離哉翻非七言之妙境乎其誤處既不能
曉佳處又不能識
以爲不足觀宜也

朱鷺 隋書樂志曰建鼓殷所作又棲翔鷺於其
上不知何代所加或曰鵠也取其聲揚而
遠聞也或曰鷺鼓精也或曰皆非也詩云振
振鷺鷺于飛鼓咽咽醉言歸言古之君子悲

周道之衰頌聲之息飾鼓以鷺存其風流孔穎達曰楚威王時有朱鷺合沓飛翔而來舞舊鼓吹朱鷺曲是也漢曲蓋因飾鼓以鷺而名曲焉丹鉛續錄曰朱鷺曲解云因飾鼓以鷺而名曲又云朱鷺呪鼓飛於雲末徐陵詩有鳧鍾鷺鼓之句宋之問詩稍看朱鷺轉尚識紫騮驕皆用此事蓋鷺色本白漢初有朱鷺之瑞故以鷺形飾鼓又以朱鷺名鼓吹曲也梁元帝放生池碑云玄龜夜夢終見取於宋王朱鷺晨飛尚張羅於漢后與朱鷺飛雲末事相叶可以證補樂府解題之缺

古辭

朱鷺魚以烏路訾邪鷺何食食茄下不之食不以吐將以問誅者誅一作諫升菴詩話曰朱鷺魚以烏鷺何食食茄下烏古與雅同叶音作雅蓋古字烏也鴉也雅也本一字也雅與下相叶始得其音魚以雅者言朱鷺之威儀魚魚雅雅也韓文元和聖德詩魚魚雅雅本此丹鉛四錄曰茄音荷玄中記黄帝之臣有荆茄豐左傳注楚有茄人城張揖音荷藝苑巵言曰烏轉爲

鵶鵶轉爲雅茄下當作荷莖

思悲翁

思悲翁唐思奪我美人侵以遇悲翁也但我思蓬首狗逐狡兔食交君梟子五梟毋六拉沓高飛暮安宿首一作蕞

艾如張

艾與刈同說文云艾草也如讀爲而穀梁傳曰艾蘭以爲防置旃以爲轅門謂因蒐狩以習武事也蘭香草也言艾草以爲田之大防是也

艾而張羅夷於何行成之四時和山出黃雀亦有羅雀以高飛奈雀何爲此倚欲誰肯礞室

上之回

漢書曰孝武十四年匈奴入朝那蕭關遂至彭陽使騎兵入燒回中宮候騎至雍甘泉回中地在安定其中有宮也武帝紀元封四年冬十月行幸雍祠五時通回中道

遂北出蕭關吳兢樂府解題曰漢武通回中道後數出遊幸焉沈建廣題曰漢曲皆美當時之事按石關宮闕名近甘泉宮相如上林賦歷石關歷封巒是也

上之回所中益夏將至行將北以承甘泉宮寒暑德游石關望諸國月支臣匈奴服令從百官疾驅馳千秋萬歲樂無極

翁離一曰擁離又曰雍離

擁離趾中可築室何用葺之蕙用蘭擁離趾中

戰城南

戰城南死郭北野死不葬烏可食為我謂烏且為客豪野死諒不葬腐肉安能去子逃水深激激蒲葦冥冥梟

騎戰鬬死駑馬裴回鳴梁築室何以南梁何北禾黍不穫君何食願爲忠臣安可得思子良臣良臣誠可思朝行出攻暮不夜歸不穫宋書作而穫

巫山高樂府解題曰古辭言江淮水深無梁可度臨水遠望思歸而已又有演巫山高不詳所起

巫山高高以大淮水深難以逝我欲東歸害梁不爲我集無高曳水何梁湯湯回回臨水遠望泣下霑衣遠道之人心思歸謂之何

上陵古今樂錄曰漢章帝元和中有宗廟食舉六曲加重來上陵二曲爲上陵食舉後漢書禮儀志曰正月上丁祠南郊次北郊明堂高廟世祖廟謂之五供禮畢以次上陵西都

舊有上陵東都之儀太官上食太常樂奏食舉古辭大畧言神仙事不知與食舉曲同否

上陵何美美下津風以寒問客從何來言從水中央桂樹爲君船青絲爲君笮木蘭爲君櫂黃金錯其間滄海之雀赤翅鴻白鴈隨山林乍開乍合曾不知日月明醴泉之水光澤何蔚蔚芝爲車龍爲馬覽遨遊四海外甘露初二年芝生銅池中仙人下來飲延壽千萬歲

將進酒

樂府解題曰古辭將進酒乘大白大畧以飲酒放歌爲言

將進酒乘大白辨加哉詩審博放故歌心所作同陰氣詩悉索使禹良工觀者苦

加一作佳博宋書作搏記曰不學博依不能安詩博爲是

君馬黃

君馬黄臣馬蒼二馬同逐臣馬良易之有騩蔡有赭美人歸以南駕車馳馬美人傷我心佳人歸以北駕車馳馬佳人安終極

芳樹

芳樹日月君亂如於風芳樹不上無心温而鵠三而爲行臨蘭池心中懷我悵心不可匡目不可顧妬人之子愁殺人君有他心樂不可禁王將何以如孫如魚乎悲矣愁宋書作悲以一作似

有所思

古今樂錄漢太樂食舉第七曲亦用之不知與此同否

有所思乃在大海南何用問遺君雙珠瑇瑁簪用玉紹

千里二字訛重字誤甚

繚之聞君有它心拉雜摧燒之摧燒之當風揚其灰從今已往勿復相思相思與君絕雞鳴狗吠兄嫂當知之妃呼狶秋風肅肅晨風颸東方須臾高知之（談藝錄曰樂府中有妃呼狶伊阿那諸語本自亡義但補樂中之音）

雉子班

雉子斑如此之千雉梁無以吾翁孺雉子知得雉子高蜚止黃鵠蜚之以重王可思雄來蜚從雌視子趨一雉雉子車大駕馬滕被王送行所中堯羊蜚從王孫行

聖人出

聖人出陰陽和美人出遊九河佳人來騑離哉何駕六

飛龍四時和君之臣明護不道美人哉宜天子免甘星

筮樂甫始美人子含四海

上邪一作雅

上邪我欲與君相知長命無絕衰山無陵江水爲竭冬

靁震震夏雨雪天地合乃敢與君絕

臨高臺

臨高臺以軒下有清水清且寒江有香草目以蘭黃鵠

高飛離哉翻關弓射鵠令我主壽萬年收中吾劉履云收中吾

三字其義未詳疑曲調之餘聲如

樂錄所謂羊無夷伊那阿之類

遠如期一曰遠期宋書樂志有晚芝之曲沈約言舊史云詁不可解疑是漢遠期曲也古

今樂錄云漢太樂食舉
曲有遠期至魏省之

遠如期益如壽處天左側大樂萬歲與天無極雅樂陳
佳哉紛踔千自歸動如驚心虞心大佳萬人還來謁者
引鄉殿陳累世未嘗聞之增壽萬年亦誠哉

石流 宋書作石留以上
宋書並有曲字

石流涼陽涼石水流爲沙錫以微河爲香向始𦆘冷將
風陽北逝肯無敢與于揚心邪懷蘭志金安薄北方開
留離蘭

古樂苑卷第八終

古樂苑卷第九

西吳　梅鼎祚　補正

東越　呂胤昌　校閱

鼓吹曲辭 二

擬漢鐃歌

朱鷺　梁王僧孺

因風弄玉水映日上金堤猶持畏羅繳未得異鳧鷖聞君愛白雉兼因重碧雞未能聲似鳳聊變色如珪願識昆明路乘流飲復棲

同前　裴憲伯

秋來懼寒勁歲去畏冰堅羣飛向葭下奮羽欲南遷暫
戲龍池側時往鳳樓前所歎恩光歇不得久聯翩

同前　　陳後主

參差蒲未齊沈漾若浮綠朱鷺戲蘋藻徘徊流潤曲潤
曲多巖樹逶迤復斷續振振雖以明湯湯今又矚

同前　　張正見

金堤有朱鷺刷羽望滄瀛周詩振雅曲漢鼓發奇聲時
將赤鳳竝乍逐彩鸞行別有翻潮處異色不相驚

同前　　蘇子卿

玉山一朱鷺容與入王畿欲向天池飲還遶上林飛金

堤曬羽翮丹水浴毛衣非貪葭下食懷恩自遠歸

艾如張　　陳蘇子卿

誰在閑門外羅家諸少年張機蓬艾側結網槿籬邊若能飛自勉豈爲繒所纒黄雀儻爲誡朱絲猶可延

上之回　　梁簡文帝

前旆拂回中後車隅桂宮輕絲臨雲罕春色繞川風桃林方灼灼柳路日曈曈笳聲駭胡騎清磬讋山戎微臣今拜手願帝永無窮

同前　　陳張正見

林光稱避暑回中乃吉行龍媒躡影駛玉輦御雲輕風

烏繞鳷鵲綵鴛照昆明欲知鍾箭遠遥聽寳雞聲

同前 選詩拾遺題云巡省 北齊蕭慤

發軔城西時回輿事北遊山寒石道凍葉下故宮秋朔路傳清景邊風卷畫旒歲餘巡省畢擁仗返皇州 擁仗一作按節

同前 隋陳子良

承平重遊樂詔蹕上之回屬車響流水清笳轉落梅嶺雲蓋道轉巖花映綬開下輦便高宴何如在瑤臺

戰城南 三首後二首藝文失題列戰城南後英華從之陌上一首六朝詩作胡無人行 梁吴均

躞蹀青驪馬往戰城南畿五歷魚麗陣三入九重圍名

慴武安將血汗秦王衣爲君意氣重無功終不歸

前有濁樽酒憂思亂紛紛小來重意氣學劍不學文忽値胡關靜匈奴遂兩分天山已半出龍城無片雲漢世平如此何用李將軍樽酒一作酒尊小來一作少年

陌上何喧喧匈奴圍塞垣黑雲藏趙樹黃塵埋隴坻天子羽書勞將軍在玉門關

同前　陳張正見

薊北馳胡騎城南接短兵雲屯兩陣合劒聚七星明旗交無復影角憤有餘聲戰罷披軍策還嗟李少卿

巫山高　齊虞羲

南國多奇山荊巫獨靈異雲雨麗以佳陽臺千里思勿言可再得特美君王意高唐一斷絕光陰不可遲

同前　王融

想像巫山高薄暮陽臺曲煙華乍卷舒行芳時斷續彼美如可期寤言紛在矚憮然坐相思秋風下庭綠想像一作髣髴煙華一作煙雲卷舒一作舒卷行芳一作猨鳥又作蘅芳思一作望

同前　劉繪

高唐與巫山參差鬱相望灼爍在雲間氛氳出霞上散雨收夕臺行雲卷晨障出沒不易期嬋娟似惆悵霞一作雲似一作以

同前　梁元帝

巫山高不窮迴出荊門中灘聲下濺石猿鳴上逐風樹雜山如畫林暗澗疑空無因謝神女一為出房櫳

同前　范雲

巫山高不極白日隱光輝靄靄朝雲去冥冥暮雨歸巖懸獸無跡林暗鳥疑飛枕席竟誰薦相望空依依空一作徒

同前　費昶

巫山光欲晚陽臺色依依彼美巖之曲寧知心是非朝雲觸石起暮雨潤羅衣願解千金佩請逐大王歸晚一作曉

同前　王泰

迢遞巫山竦遠天新霽時樹交涼去遠草合影開遲谷
深流響咽峽近猿聲悲只言雲雨狀自有神仙期

同前　陳後主

巫山巫峽深峭壁聳春林風巖朝蕊落霧嶺晚猿吟雲
來足薦枕雨過非感琴仙姬將夜月度影自浮沈

同前　蕭詮

巫山映巫峽高高殊未窮猿聲不辨處雨色詎分空懸
崖下桂月深澗響松風別有仙雲起時向楚王宮

同前　隋李孝貞

荆門對巫峽雲臺邇陽臺燎火如奔電墜石似驚雷天

寒秋水急風靜夜猿哀枕席無由薦朝雲徒去來

同前　凌敬

巫岫鬱岧嶤高高入紫霄白雲間危石玄猿挂迴條懸崖激巨浪脆葉殞驚飈别有陽臺處風雨共飄颻危一作抱挂迴一作迴挂

將進酒　梁昭明太子統

洛陽輕薄子長安遊俠兒宜城溢渠盌中山浮羽巵

君馬黄　陳蔡君知

君馬徑西極臣馬出東方足策浮雲影珂連明月光水凍恒傷骨蹄寒窩踐霜蹲躇嗟伏櫪空想欲從良

同前 二首　張正見

幽并重騎射征馬正盤桓風去長嘶遠氷堅度足寒出
關聊變色上坂屢停鞍卽今隨御史非復在樓蘭

五色乘馬黄追風時滅沒血汗染龍花胡鞍抱秋月唯
騰渥洼水不飲長城窟詎待燕昭王千金市駿骨

芳樹 同沈約王融范雲劉繪賦　齊謝朓

早翫華池陰復鼓滄洲枻椅柅芳若斯葳蕤紛可結霜
下桂枝銷怨與飛蓬折不厠玉盤滋誰憐終委絕 鼓一作影

同前　王融

相望早春日煙華雜如霧復此佳麗人含情結芳樹綺

羅已自憐萱風多有趣去來徘徊者佳人不可遇

同前　梁武帝

綠樹始搖芳芳生非一葉一葉度春風芳芳自相接色襍亂參差衆花終重疊重疊不可思思此誰能愜

同前　元帝

芬芳君子樹交柯御宿園桂影含秋月桃花染春源落英逐風聚輕香帶蕊翻叢枝臨北閣灌木隱南軒交讓良宜重成蹊何用言（月一作色）

同前　費昶

苤被夕風吹屢得朝光照枝偃疑欲舞花開似含笑長

夜路悠悠所思不可召行人早旋返賤妾猶年少偃一作低猶年少一作年猶少

同前　沈約

發蕚九華隈開跗寒路側氤氳非一香參差多異色宿昔寒飈舉摧殘不可識霜雪交横至對之長歎息路一作露

同前　丘遲

芳葉已漠漠嘉實復離離發景傷雲屋凝暉覆華池輕蜂掇浮穎弱鳥隱深枝一朝容色茂千春長不移

同前　陳李爽

芳樹千株發摇蕩三陽時氣軟風來易枝繁度鳥遲春

至花如錦夏近葉成帷欲寄邊城客路遠詎能持詎一作誰

同前　　顧野王

上林通建章雜樹遍林芳日影桃蹊色風吹梅逕香幽山桂葉落馳道柳條長折榮疑路遠用表莫相忘

同前　　張正見

奇樹舒春苑流芳入綺錢合歡分四照同心影萬年香浮佳氣裏葉映彩雲前欲識楊雄賦金玉滿甘泉影一作彰

同前　　江總

朝霞映日殊未妍珊瑚照水定非鮮千葉芙蓉詎相似百枝燈花復羞然暫欲寄根對滄海大願移華側綺錢

井上桃蟲誰可禳庭中桂蠹豈見憐

有所思　齊劉繪

別離安可再而我更重之佳人不相見明月空在帷共銜滿堂酌獨斂向隅眉中心亂如雪寧知有所思

同前　集云同王主簿有所思　謝朓

佳期期未歸望望下鳴機徘徊東陌上月出行人稀

同前　梁武帝

誰言生離久適意與君別衣上芳猶在握裏書未滅腰中雙綺帶夢爲同心結常恐所思露瑤華未忍折

同前四首　簡文帝

昔未離長信金翠奉乘輿何言人事異夙昔故恩踈寂寞錦筵靜玲瓏玉殿虛掩閨泣團扇羅幌詠蘼蕪可歎不可思可思不可見餘絃斷瑟柱殘朱滐歌扇寂寂暮檐響黯黯垂簾色唯有鵷鶵苔如見蜘蛛織入林看碚礧春至定無賒何時一可見更得似梅花

同前 玉臺庚肩吾 昭明太子統

公子遠于隔乃在天一方望望江山阻悠悠道路長別前秋葉落別後春花芳雷歎一聲響雨淚忽成行悵望情無極傾心還自傷 公子一作佳人

同前 郭本作王融誤 范雲

如何有所思而無相見時宿昔夢顔色階庭尋履綦高張更何已引滿終自持欲知憂能老爲視鏡中絲

同前 五言律祖作吳均 王筠

丹墀生細草紫殿納輕陰曖曖巫山遠悠悠湘水深徒歌鹿盧劒空貽玳瑁簪望君終不見屑淚且長吟長一作微

同前 庾肩吾

佳期竟不歸春日坐芳菲拂匣看離鏡開箱見別衣井梧生未合宮槐卷復稀不及銜泥燕從來相逐飛鏡一作扇

同前 題云鼓瑟曲有所思 王僧孺

夜風吹熠燿朝光照昔耶幾銷蘼蕪葉空落蒲桃花不

堪長織素誰能獨浣紗光陰復何極望促反成賒知君
自蕩子奈妾亦倡家昔邪一作辟邪桃一作蔔

同前　　吴均

薄暮有所思終持淚煎骨春風驚我心秋露傷君髮

同前　　沈約

西征登隴首東望不見家關樹抽紫葉塞草發青芽昆
明當欲滿蒲萄應作花垂淚對漢使因書寄狹邪

同前　　費昶

上林烏欲栖長門日行暮所思鬱不見空想丹墀步簾
動意君來雷聲似車度北方佳麗子窈窕能回顧夫君

自迷惑非爲妾心妬烏欲棲一作烏欲飛行一作將

同前二首一題云望遠　陳後主

蕩子好蘭期留人獨自思落花同淚臉初月似愁眉階前看草蔓牕中對網絲不言千里望復是三春時望一作別

杳杳與人期遥遥有所思山川千里間風月兩邊時相待春那劇相望景偏遲當由分別久夢來還自疑

佳人在北燕相望渭橋邊團團落日樹耿耿曙河天愁多明月下淚盡鴈行前別心不可寄唯餘琴上弦

同前　顧野王

賤妾有所思良人久征戍笳鳴塞城表花開落芳樹白

登澄月色黃龍起煙霧還聞雉子班非復長征賦笳鳴塞城表一作笳鳴胡塞表

同前　張正見

深閨久離別積怨轉生愁徒思裂帛鴈空上望歸樓看花憶塞草對月想邊秋相思日日暮淚臉年年流暮一作度

同前　陸系

別念限城闉還思樓上人淚想離前落愁聞別後新月來疑舞扇花度憶歌塵只看今夜裏那似隔河津

同前　北齊裴讓之

夢中雖暫見及覺始知非展轉不能寐徙倚獨披衣悽

淒曉風急晻晻月光微室空常達旦所思終不歸

同前　隋盧思道

長門與長信憂思竝難任洞房明月下空庭綠草深怨歌裁潔素能賦受黃金復聞隔湘水猶言限桂林淒淒日已暮誰見此時心潔一作紈

雉子班古今樂錄曰梁三朝樂第四十一設辟雅伎鼓吹作雉子班[redacted]引去來

梁吳均

可憐雉子班羣飛集野甸文章始陸離意氣已驚猜幽并遊俠子直心亦如箭生死報君恩誰能孤恩眄生死報君恩一作以死報君恩又一作死節

同前　陳後主

四野秋原暗十步啄方前雊聲風處遠翅影雲間連箭射妖姬笑裘値盛明然已足南皮賞復會北宫篇

同前　張正見

陳倉雉未飛欽翮依芳甸朱冠色尚淺錦臆毛初變雊麥且專場排花聊勇戰唯當渡弱水不怯如皐箭

同前　毛處約

春物始芳菲春雉正相追澗響連朝雊花光帶錦衣窠跡時移影鷟媒或亂飛能使如皐路相逢巧笑歸

同前　江摠

麥壟新秋來澤雉屢徘徊依花似協妬拂草乍驚媒三春桃照李二月柳爭梅暫徃如皐路當令巧笑開

臨高臺　魏文帝

臨臺行高高以軒下有水清且寒中有黃鵠徃且翻行爲臣當盡忠願令皇帝陛下三千歲宜居此宮鵠欲南遊雌不能隨我欲躬銜汝口噤不能開欲負之毛衣摧頹五里一顧六里徘徊詩紀云此曲三段辭不相屬鵠欲南遊以下乃古辭飛鵠行也

同前　齊謝朓

千里常思歸登臺臨綺翼纔見孤鳥還未辨連山極四面動春風朝夜起寒色誰知倦遊者嗟此故鄉憶春一作清

同前　王融

遊人欲騁望積步上高臺井蓮當夏吐牕桂逐秋開花飛低不入鳥散遠時來還看雲棟影含月共徘徊（棟一作陣）

同前（郭本作簡文帝今從玉臺）　梁武帝

高臺半行雲望望高不極草樹無參差山河同一色髣髴洛陽道道遠難別識玉階故情人情來共相憶

同前　沈約

高臺不可望望遠使人愁連山無斷續河水復悠悠所思曖何在洛陽南陌頭可望不可至何用解人憂

同前　陳後主

晚景登高臺迥望春光來霧濃山後暗日落雲傷開煙裏看鴻小風來望葉同臨牎巳響吹極眺且傾杯（迥一作迴）

同前　張正見

曾臺邇清漢出迥架重棼飛棟臨黃鶴高牎度白雲風前朱幌色霞處綺踈分此中多怨曲地遠詎能聞（幌一作幔）

同前　北齊蕭慤

崇臺高百尺迥出望仙宮畫栱浮朝氣飛梁照晚虹小衫飄霧縠豔粉拂輕紅笙吹汶陽篠琴奏嶧山桐舞逐飛龍引花隨少女風臨春今若此極燕豈無窮（朝一作雲）

遠期　梁張率

遠期終不歸節物坐將變白露愴單衫秋風息團扇誰能久離別他鄉且異縣浮雲蔽重山相望何時見寄言遠期者空閨淚如霰將一作遷

同前　　庾成師

憶別春花飛已見秋葉稀淚粉羞明鏡愁帶減寬衣得書言未反夢見道應歸坐使紅顏歇獨掩青樓扉

玄雲　　梁張率

壞陣壓峨壟遮窻暗思扉映日斜生海跨樹似鵬飛夢山妾已去落靨何由歸

釣竿　崔豹古今注云釣竿者伯常子避仇河濱為漁者其妻思之而作也每至河側輒歌

之後司馬相如作釣竿詩遂傳爲樂曲其辭今亾　魏文帝

東越河濟水遥望大海涯釣竿何珊珊魚尾何簁簁行路之好者芳餌欲何爲

同前　梁沈約

桂舟既容與綠浦復回紆輕絲動弱芰微檝起單鳧扣舷急日暮卒歲以爲娱

同前　戴暠

試持玄渚釣暫罷池陽獵翠羽飾長綸蓮花裝小艓鈎利斷蓴絲泯舉牽菱葉聊載前魚童還看後舟妾

同前（孝一作劉孝威）　劉孝綽

釣舟畫采鷁魚子服氷紈金轄茱萸網銀鈎翡翠竿歛
橈隨水脉急槳渡江湍湍長自不辭前浦有佳期船交
棹影合浦深魚出遲荷根時觸餌菱芒乍罥絲蓮渡江
南于衣渝京兆省垂竿自來樂誰能爲太師

釣竿篇　陳張正見

結宇長江側垂釣廣川潯竹竿橫翡翠桂髓擲黃金人
來水鳥沒檝渡岸花沈蓮摇見魚近綸盡覺潭深渭水
終須卜滄浪徒自吟空嗟芳餌下獨見有貪心

同前　隋李巨仁

潺湲面江海滉漾矚波瀾不惜黃金餌唯憐翡翠竿斜

綸控急水定檝下飛湍潭迴風來易川長霧歇難寄言
朝市客滄浪余自安

佳期竟不歸 庾肩吾有所思曰佳期竟不歸因以爲題

陳張正見

良人萬里向河源娼婦三秋思柳園路遠寄詩空織錦
宵長夢返欲驚魂飛蛾屢繞帷前燭衰草還侵堦上玉
銜啼拂鏡不成粧促柱繁弦還亂曲時分年移竟不歸
偏憎寒急夜縫衣流螢映月明空帳踈葉從風入斷機
自對孤鸞向影絶終無一雁帶書回

古樂苑卷第九 終

古樂苑卷第十

西吳　梅鼎祚　補正

東越　呂胤昌　校閱

鼓吹曲辭三　魏　吳　晉

魏鼓吹曲

晉書樂志曰魏文帝使繆襲造鼓吹十二曲以代漢曲

繆襲

楚之平 晉書樂志曰改漢朱鷺言魏也宋書作初之平按宋書在晉書前今並從宋本其文異者注下

楚之平義兵征神武奮金鼓鳴邁武德揚洪名漢室微

社稷傾皇道失桓與靈閹宦熾羣雄爭邊韓起亂金城

中國擾無紀經赫武皇起旗旄麾天下天下平濟九州九州寧翊武功武功成越五帝邈三王興禮樂定紀綱普日月齊暉光曲凡三十句句三字

戰滎陽改漢思悲翁言曹公也

戰滎陽汴水陂戎士憤怒貫甲馳陳未成退徐滎二萬騎塹壘平戎馬傷六軍驚勢不集衆幾傾白日沒時晦冥顧中牟心屏營同盟疑計無成賴我武皇萬國寧曲凡二十句十八句句三字二句句四字

獲呂布改漢艾如張言曹公東圍臨淮生擒呂布也

獲呂布戮陳宮芟夷鯨鯢驅騁羣雄囊括天下運掌中

曲凡六句三句句
三字三句句四字

克官渡改漢上之回言曹公與袁紹戰破之於官渡也

克紹官渡由白馬僵屍流血被原野賊衆如犬羊王師尚寡沙塠旁風飛揚轉戰不利士卒傷今日不勝後何望土山地道不可當卒勝大捷震冀方屠城破邑神武遂章曲凡十八句八句句四字一句五字九句句三字

舊邦改漢翁離言曹公勝袁紹於官渡還譙收藏死亡士卒也

舊邦蕭條心傷悲孤魂翩翩當何依遊士戀故涕如摧兵起事大令願違傳求親戚在者誰立廟置後魂來歸

曲凡十二句六句句三字六句句四字

定武功 改漢戰城南言曹公初破鄴武功之定始乎此也

定武功濟黄河河水湯湯旦暮有横流波袁氏欲衰兄弟尋干戈決漳水水流滂沱嗟城中如流魚誰能復顧室家計窮慮盡求來連和和不時心中憂慼賊衆内潰君臣奔北拔鄴城奄有魏國王業艱難覽觀古今可爲長歎 曲凡二十一句五句句三字三句句六字十二句句四字一句五字

屠柳城 改漢巫山高言曹公越北塞歷白檀破三郡烏桓於柳城也

屠柳城功誠難越度隴塞路漫漫北踰岡平但聞悲風正酸蹋頓授首遂登白狼山神武慹海外永無北顧患 曲凡十句三句句三字三句句四字三句句五字一句六字

平南荆　改漢上陵言曹公南平荆州也

南荆何遼遼江漢濁不清菁茅久不貢王師赫南征劉琮據襄陽賊備屯樊城六軍廬新野金鼓震天庭劉子面縛至武皇許其成許與其成撫其民陶陶江漢間普爲大魏臣大魏臣向風思自新思自新齊功古人在昔虞與唐大魏得與均多選忠義士爲喉脣天下一定萬世無風塵　曲凡二十四句句十七句句五字四句句三字三句句四字

平關中　改漢將進酒言曹公征馬超定關中也

平關中路向潼濟濁水立高墉鬬韓馬離羣凶選驍騎縱兩翼虜奔潰級萬億　曲凡十句句三字

應帝期 改漢有所思言文帝以聖德受命應運期也

應帝期於昭我文皇歷數承天序龍飛自許昌聰明昭四表恩德動遐方星辰爲垂耀日月爲重光河洛吐符瑞草木挺嘉祥麒麟步郊野黃龍遊津梁白虎依山林鳳凰鳴高岡考圖定篇籍功配上古羲皇羲皇無遺文仁聖相因循期運三千歲一生聖明君堯授舜萬國萬國皆附親四門爲穆穆教化常如神大魏興盛與之爲鄰 曲凡二十六句一句三字二句句四字二十三句句五字一句六字盛一作聖

邕熙 改漢芳樹言魏氏臨其國君臣邕邕穆庶績咸熙也

邕熙君臣念德天下治登帝道獲瑞寶頌聲竝作洋洋

浩浩吉日臨高堂置酒列名倡歌聲一何紆餘雜笙簧八音諧有紀綱子孫永建萬國壽考樂無央曲凡十五句六句句三字三句句四字一句二字三句句五字二句句六字

太和

改漢上邪言明帝繼體承統太和改元德澤流布也

惟太和元年皇帝踐阼聖且仁德澤爲流布灾蝗一時爲絕息上天時雨露五穀溢田疇四民相率遵軌度事務澂清天下獄訟察以情元首明魏家如此那得不太平曲凡十三句二句句三字五句句五字三句句四字二句句七字溢一作滋

吳鼓吹曲

宋書樂志曰韋昭孫休時上鼓吹十二曲表曰當付樂官習歌　韋昭

炎精缺 宋書樂志曰當漢朱鷺言漢室衰孫堅奮迅猛志念在匡救王迹始乎此也

炎精缺漢道微皇綱弛政德違衆姦熾民罔依赫武烈越龍飛陟天衢燿靈威鳴雷鼓抗電麾撫乾衡鎮地機厲虎旅騁熊羆發神聽吐英奇張角破邊韓羈宛潁平南土綏神武章渥澤施金聲震仁風馳顯高門啓皇基統罔極垂將來 曲凡三十句句三字

漢之季 當漢思悲翁言孫堅悼漢之微痛董卓之亂興兵奮擊功蓋海內也

漢之季董卓亂桓桓武烈應時運義兵興雲旗建厲六師羅八陣飛鳴鏑接白刃輕騎發介士奮醜虜震使衆散劫漢主遷西館雄豪怒元惡僨赫赫皇祖功名聞 曲凡

二十句十八句句三字二句句四字

攄武師 當漢艾如張言孫權卒父之業而征伐也

攄武師斬黃祖攘夷凶族革平西夏炎炎大烈震天下

曲凡六句三句句三字三句句四字攘一作攮

伐烏林 當漢上之回言魏武既破荊州從流東下欲來爭鋒孫權命將周瑜逆擊之於烏林而破走也

曹操北伐拔柳城乘勝席卷遂南征劉氏不睦八郡震驚衆既降操屠荊舟車十萬揚風聲議者狐疑慮無成賴我大皇發聖明虎臣雄烈周與程破操烏林顯章功名

曲凡十八句十句句四字八句句三字

秋風 當漢擁離言孫權悅以使民民忘其死也

秋風揚沙塵寒露沾衣裳角弓持弦急鳩鳥化爲鷹邊垂飛羽檄寇賊侵界疆跨馬披介冑慷慨懷悲傷辭親向長路安知存與亾窮達固有分志士思立功思立功邀之戰場身逸獲高賞身沒有遺封 曲凡十六句十四句句五字一句三字一句四字

克皖城 當漢戰城南言魏武志圖幷兼而令朱光爲廬江太守孫權親征光破之於皖城也

克滅皖城遏寇賊惡此凶孽阻姦慝王師赫征衆傾覆除穢去暴戢兵革民得就農邊境息誅君臣昭至德

曲凡十二句六句句
三字六句句四字

關背德 當漢巫山高言蜀將關羽背弃吳德心懷不軌孫權引師浮江而禽之也

關背德作鴟張割我邑城圖不祥稱兵北伐圍樊襄陽嗟臂大於股將受其殃巍巍夫吳聖主叡德與玄通與玄通親任呂蒙汎舟洪汜池滯涉長江神武一何桓桓聲烈正與風翔歷撫江安城大據郢邦虜羽授首百蠻咸來同盛哉無比隆 曲凡二十一句八句句四字二句句六字七句句五字四句句三字

通荊門 當漢上陵言孫權與蜀交好齊盟中有關羽自失之僭戎蠻樂亂生變作患蜀疑其眩吳惡其詐乃大治兵終復初好也

荊門限巫山高峻與雲連蠻夷阻其險歷世懷不賓漢

王據蜀郡崇好結和親乖微中情疑讒夫亂其間大皇赫斯怒虎臣勇氣震蕩滌幽藪討不恭觀兵揚炎燿厲鋒整封疆整封疆闡揚威武容功赫戲洪烈炳章邈矣帝皇世聖吳同厥風荒裔望清化化恢弘煌煌大吳延胙永未央曲凡二十四句十七句句五字四句句三字三句句四字

章洪德當漢將進酒言孫權章洪德其大德而遠方來附也

章洪德邁威神感殊風懷遠鄰平南裔齊海濱越裳貢扶南臣珍貨充庭所見日新曲凡十句八句句三字二句句四字

從歷數當漢有所思言孫權從圖籙之符而建大號也

從歷數於穆我皇帝聖哲受之天神明表奇異建號創

皇基聰睿協神思德澤浸及昆蟲浩蕩越前代三光顯精燿陰陽稱至治肉角步郊畛鳳皇棲靈囿神龜遊沼池圖讖摹文字黃龍覿鱗符祥日月記覽往以察今我皇多噲事上欽昊天象下副萬姓意光被彌蒼生家戶蒙惠賚風教肅以平頌聲革嘉喜大吳興隆綽有餘裕

曲凡二十六句一句三字三句句四字二十二句句五字一句六字

承天命當漢芳樹言上以聖德踐位道化至盛也

承天命於昭聖德三精垂象符靈表德巨石立九穗植龍金其鱗烏赤其色輿人歌億夫歎息超龍升襲帝服窮淳懿體玄嘿夙興臨朝勞謙日昃易簡以崇仁放遠

讒與慝舉賢才親近有德均田疇茂稼穡審法令定品式考功能明黜陟人思自盡唯心與力家國治王道直思我帝皇壽萬億長保天祿胙無極曲凡三十四句十九句句三字二句句五字十三句句四字

玄化

當漢上邪言上修文訓武則天而行仁澤流洽天下喜樂也

玄化象以天陛下聖真張皇綱率道以安民惠澤宣流而雲布上下睦親君臣酣宴樂激發弦歌揚妙新修文籌廟勝須時備駕巡洛津康哉泰四海歡欣越與三五鄰曲凡十三句五句句五字二句句四字二句句三字三句句七字

晉鼓吹曲

晉書樂志曰武帝令傅玄製鼓吹曲二十二篇述以功德代魏　傅玄

靈之祥　當朱鷺宋書樂志曰言宣帝佐魏猶虞舜事堯旣有石瑞之徵又能用武以誅孟達之逆命也

靈之祥石瑞章旌金德出西方天降命授宣皇應期運時龍驤繼大舜佐陶唐讚武文建帝綱孟氏叛據南疆追有扈亂五常吳寇勁蜀虜彊交誓盟連遐荒宣赫怒奮鷹揚震乾威燿電光陵九天陷石城梟逆命拯有生萬國安四海寧　勁晉書作叛

宣受命　當思悲翁言宣帝禦諸葛亮養威重運神兵亮震怖而死也

宣受命應天機風雲時動神龍飛禦諸葛鎮雝梁邊境

安夷夏康務節事勤定傾攬英雄保持盈淵穆穆赫赫明明沖而泰天之經養威重運神兵亮乃震死天下寧晉書作安寧死晉書作斃

征遼東當艾而張言宣帝陵大海之表討滅公孫淵而梟其首也

征遼東敵失據威靈邁日域公孫旣授首羣逆破膽咸震怖朔北響應海表景附武功赫赫德雲布

宣輔政當上之回言宣帝聖道深遠撥亂反正綱羅文武之才以定二儀之序也

宣皇輔政聖烈深撥亂反正從天心綱羅文武才愼厥所生所生賢遷教施安上治民化風移肇創帝基洪業垂於鑠明明時赫戲功濟萬世定二儀定二儀雲澤雨

施海外風馳從一作順澤一作行

時運多難當擁離言宣帝致討吳方有征無戰也

時運多難道教痡天地變化有盈虛蠢爾吳蠻虎視江湖我皇赫斯致天誅有征無戰弭其圖天威横被廓東隅虎晉書作武

景龍飛當戰城南言景帝克明威教賞從夷逆祚隆無疆崇此洪基也

景龍飛御天威聰鑒玄察動與神明協機從之者顯逆之者滅夷文教敷武功巍普被四海萬邦望風莫不來綏聖德潛斷先天弗違弗違祥享世永長猛以致寬道化光赫明明胙隆無疆帝績惟期有命既集崇此洪基

平玉衡當巫山高言景帝一萬國之殊風齊四海之乖心禮賢養士而纂洪業也

平玉衡糺姦回萬國殊風四海乖禮賢養士羈御英雄思心齊纂戎洪業崇皇階品物咸亨聖敬日躋聽鑒盡下情明明綜天機

文皇統百揆當上陵言文皇帝始統百揆用人有序以敷太平之化也

文皇統百揆繼天理萬方武將鎮四隅英佐盈朝堂謀言協秋蘭清風發其芳洪澤所漸潤礫石爲珪璋大道侔五帝盛德踰三王咸光大上參天與地至化無內外無內外六合並康乂並康乂遘茲嘉會在昔羲與農大晉德斯邁鎮征及諸州爲蕃衛玄功濟四海洪烈流萬

世（寓晉書作隅）

因時運（當將進酒言文皇帝因時運變聖謀潛施解長蛇之交離羣桀之黨以武濟文審其大計以邁其德也）

因時運聖策施長蛇交解羣桀離勢窮奔吳虎騎厲惟武進審大計時邁其德清一世（虎晉書作獸）

惟庸蜀（當有所思言文皇帝既平萬乘之蜀封建萬國復五等之爵也）

惟庸蜀僭號天一隅劉備逆帝命禪亮承其餘擁衆數十萬闚隙乘我虛驛騎進羽檄天下不遑居姜維屢寇邊隴上爲荒墟文皇愍斯民歷世受辜辜外謨蕃屏臣內謀衆士夫爪牙應指授腹心獻良圖良圖協成文大

與百萬軍雷鼓震地起猛勢陵浮雲逋虜畏天誅面縛造壘門萬里同風教逆命稱妾臣光建五等紀綱天人

獻一作同

大一作乃

天序 當芳樹言聖皇應歷受禪弘濟大化用人各盡其才也

天序歷應受禪承靈祜御羣龍勒螭虎弘濟大化英儁作輔明明統萬機赫赫鎮四方咎繇稷契之疇協蘭芳禮王臣覆兆民化之如天與地誰敢愛其身

大晉承運期 當上邪言聖皇應籙受圖化象神明也

大晉承運期德隆聖皇時清晏白日垂光應籙圖陟帝位繼天正玉衡化行象神明至哉道隆虞與唐元首敷

洪化百寮股肱並忠良民大康隆隆赫赫福胙盈無疆

金靈運　當君馬黃言聖皇踐祚致敬宗廟而孝道施於天下也

金靈運天符發聖徵見參日月惟我皇體神聖受魏禪應天命皇之興靈有徵登大麓御萬乘皇之輔若虓虎爪牙奮莫之禦皇之佐讚清化百事理萬邦賀神祇應嘉瑞章恭享祀薦先皇樂時奏磬管鏘鼓淵淵鐘喤喤奠樽俎實玉觴神歆饗咸悦康宴孫子祐無疆大孝烝烝德教被萬方　虓晉書作闞祀作禮淵淵作殷殷

於穆我皇　當雉子班言聖皇受命德合神明也

於穆我皇盛德聖且明受禪君世光濟羣生普天率土

莫不來庭顒顒六合內望風仰泰清萬國雝雝興頌聲大化洽地平而天成七政齊玉衡惟平峨峨佐命濟濟羣英夙夜乾乾萬機是經雖治興匪荒寧謙道充沖不盈天地合德日月同榮赫赫煌煌燿幽冥三光克從於顯天垂景星龍鳳臻甘露宵零肅神祇祇上靈萬物欣戴自天效其成

仲春振旅 當聖人出言大晉申文武之教畋獵以時也

仲春振旅大致民武教於時日新師執提工執鼓坐作從節有序盛矣允文允武蒐田表禡申法誓遂圍禁獻社祭允矣時明國制文武並用禮之經列車如戰大教

明古今誰能去兵大晉繼天濟羣生民晉作人從晉作起允矣晉作允以

夏苗田當臨高臺言大晉畋狩順時為苗除害也

夏苗田運將徂軍國異容文武殊乃命羣吏選車徒辨其名號贊契書王軍啓八門行同上帝居時路建大麾雲旗翳紫虛百官象其事疾則疾徐則徐回衡旋軫罷陳弊車獻禽享祠烝烝配有虞惟大晉德參兩儀化雲敷選晉書作撰

仲秋獮田當遠期言大晉雖有文德不廢武事順時以殺伐也

仲秋獮田金德常剛涼風清且厲凝露結為霜白虎司辰蒼隼時鷹揚鷹揚猶周尚父順天以殺伐春秋時叙雷

霆振威燿進退由鉦鼓致禽祀祊羽毛之用充軍府赫赫大晉德芬烈陵三五敷化以文雖治不廢武光宅四海永享天之祜剛晉書作綱虎晉作藏治晉作安

從天道當石留言仲冬大閱用武修文大晉之德配天也

從天道握神契三時示講武事冬大閱鳴鐲振鼓鐸旌旗象虹霓文制其中武不窮武動軍誓衆禮成而義舉三驅以崇仁進止不失其序兵卒練將如闞虎惟闞虎氣陵青雲解圍三面殺不殄羣偃旌麾班六軍獻享烝修典文嘉大晉德配天祿報功爵俟賢饗燕樂受茲百祿壽萬年如闞虎宋書晉作如虎闞宋書作虓虎並作虓武壽晉作嘉

唐堯 當務成言聖皇陟帝位德化光四表也

唐堯諮務成謙謙德所興積漸終光大履霜致堅冰神明道自然河海猶可凝舜禹統百揆元凱以次升禪讓應天曆睿聖世相承我皇陟帝位平衡正準繩德化飛四表祥氣見其徵興王坐俟旦亾主恬自矜致遠由近始覆簣成山陵披圖按先籍有其證靈液 主一作國恬一作主

玄雲 當玄雲言聖皇用人各盡其材也

玄雲起山嶽祥氣萬里會龍飛何蜿蜿鳳翔何翩翩昔在唐虞朝時見青雲際今親遊方國流光溢天外鶴鳴在後園清音隨風邁成湯隆顯命伊摯來如飛周文獵

渭濱遂載呂望歸符合如影響先天天弗違輟耕綱時
綱解褐衿天維元功配二主芬馨世所稀我皇叙羣才
洪烈何巍巍桓桓征四表濟濟理萬機神化感無方髦
才盈帝畿丕顯惟昧旦日新孔所咨茂哉聖明德日月
同光輝山嶽晉書作丘山方晉作萬綱時綱晉作綜地綱聖明一作明聖

伯益當黄爵言赤烏銜書有周以興今聖皇受命神雀來也

伯益佐舜禹職掌山與川德侔十六相思心入無閒智
理周萬物下知衆鳥言黄雀應清化翔集何翩翩和鳴
棲庭樹徘徊雲日間夏桀爲無道密網施山阿酷祝振
纖網當奈黄雀何殷湯崇天德去其三面羅逍遥羣飛

來鳴聲乃復和朱雀作南宿鳳皇統羽羣赤烏銜書至
天命瑞周文神雀今來遊爲我受命君嘉祥致天和膏
澤降青雲蘭風發芳氣闔世同其芬降一作隆

釣竿

當釣竿言聖皇德配堯舜又有呂望之佐以濟天功致太平也

釣竿何冉冉甘餌芳且鮮臨川運思心微綸沈九淵太
公寶此術乃在靈祕篇機變隨物移精妙貫未然游魚
驚著釣潛龍飛戾天戾天安所至撫翼翔太清太清一
何異兩儀出渾成玉衡正三辰造化賦羣形退願輔聖
君與神合其靈我君弘遠略天人不足并天人初并時
昧昧何芒芒日月有徵兆文象興三皇巢尤亂生民黃

帝用兵征萬方逮夏禹而德衰三代不及虞與唐我皇聖德配堯舜受禪卽阼享天祥率土蒙祜靡不肅庶事康庶事康穆穆明明荷百祿保無極永泰平淵晉書作泉生民晉作生靈三代晉作三世

晉凱歌 二首

命將出征歌 張華 下同

重華隆帝道戎蠻或不賓徐夷興有周鬼方亦違殷今在盛明世寇虐動四垠豺狼染牙爪羣生號穹旻元帥統方夏出車撫凉秦衆貞必以律臧否實在人威信加殊類疏逖思自親單醪豈有味挾纊感至仁武功尚止

戈七德美安民遠跡由斯舉永世無風塵有味一作無味

勞還師歌

玁狁背天德搆亂擾邦畿戎車震朔野羣帥贊皇威將士齊心旅感義忘其私積勢如鞹弩赴節如發機囂聲動山谷金光耀篆輝揮戟陵勁敵武步蹈橫屍鯨鯢皆授首北土永清夷昔往冐隆暑今來白雪霏征夫信勤瘁自古詠采薇收榮於舍爵燕喜在凱歸戟一作戎

古樂苑卷第十終

古樂苑卷第十一

西吳 梅鼎祚 補正

東越 呂胤昌 校閱

鼓吹曲辭四 宋 齊 梁 隋

宋鼓吹鐃歌三首

宋書樂志曰鼓吹鐃歌四篇其一篇闕沈約云樂人以音聲相傳訓詁不可復解凡古樂錄皆大字是辭細字是聲聲辭合寫故致然耳

上邪曲 四解

大竭夜烏自云何來堂吾來聲烏奚姑悟姑尊盧聖子

黃尊來餭清嬰烏白日爲隨來郭吾徵令吾

應龍夜烏由道何來直子爲烏奚如悟姑尊盧雞子聽
烏虎行爲來明吾微令吾
詩則夜烏道祿何來黑洛道烏奚悟如尊爾尊盧起黃
華烏伯遼爲國日忠雨令吾
伯遼夜烏若國何來日忠雨烏奚如悟姑尊盧面道康
尊籙龍永烏赫赫福胙夜音微令吾

晩芝曲 九解宋書樂志曰漢曲有遠期疑是也

幾令吾幾令諸韓亂發正令吾
幾令吾諸韓從聽心令吾若里洛何來韓微令吾
尊盧忌盧文盧子路子路爲路雞如文盧烔烏諸祚微

令吾
幾令諸韓或公隨令吾
幾令吾幾諸或言隨令吾黑洛何來諸韓微令吾
尊盧安成隨來免路路子爲吾路奚如文盧炯烏諸胙
微令吾
幾令吾幾諸或言隨令吾此下宋書無
幾令吾諸或言幾苦黑洛何來諸韓微令吾
尊盧公洴隨來免路子子路子爲路奚姑文盧炯烏諸
祚微令吾

艾如張曲 三解

幾令吾呼曆舍居執來隨咄武子邪令烏銜鋮相風其右其右

幾令吾呼羣議破葫執來隨吾咄武子邪令烏令烏令臚入海相風及後

幾令吾呼無公赫吾執來隨吾咄武子邪令烏無公赫吾婟立諸布始布

宋鼓吹鐃歌十五首

宋書樂志曰鼓吹鐃歌十五篇何承天晉義熙末私造疑未嘗被於歌也雖有漢曲舊名大抵別增新意故其義與古辭考之多不合云

朱路篇　　何承天

朱路揚和鑾翠蓋耀金華玄牡飾樊纓流旌拂飛霞雄
戟闢曠塗班劒翼高車三軍且莫喧聽我奏鐃歌清鞞
驚短簫朗鼓節鳴笳人心惟愷豫兹音亮且和輕風起
紅塵渟瀾發微波逸韻騰天路穨響結城阿仁聲被八
表威震振九遐譽馨介冑士勗哉念皇家

思悲公篇

思悲公懷袞衣東國何悲公西歸公西歸流二叔幼主
既悟偃禾復偃禾復聖志申營都新邑從斯民從斯民
德惟明制禮作樂興頌聲興頌聲致嘉祥鳴鳳爰集萬
國康萬國康猶弗已握髮吐飡下羣士惟我君繼伊周

親覩盛世復何求

雝離篇

雍士多離心荆民懐怨情二凶不量德構難稱其兵王人銜朝命正辭糾不庭上宰宣九伐萬里舉長旌樓船掩江濆駟介飛重英歸德戒後夫賈勇尚先鳴逆徒既不濟愚智亦相傾霜鋒未及染鄢郢忽已清西川無潛鱗北渚有奔鯨淩威致天府一戰夷三城江漢被美化宇宙歌太平惟我東郡民曾是深推誠

戰城南篇

戰城南衝黄塵丹旌電烻鼓靁震勍敵猛戎馬殷橫陳

亘野若屯雲仗大順應三靈義之所感士忘生長劍擊繁弱鳴飛鏑炫晃亂奔星虎騎躍華旄旋朱火延起騰飛煙驍雄斬高旗搴長角浮叫響清天夷羣寇殪逆徒餘黎霑惠詠來蘇奏愷樂歸皇都班爵獻俘邦國娱

巫山高篇

巫山高三峽峻青壁千尋深谷萬仞崇巖冠靈林冥冥山禽夜響晨猿相和鳴洪波迅澓載逝載停悽悽商旅之客懷苦情在昔陽九皇綱微李氏竊命宣武耀靈威蠢爾逆縱復踐亂機王旅薄伐傳首來至京師古之為國惟德是貿力戰而虐民鮮不顛墜矧乃叛戾伊胡能

遂咨爾巴子無放肆

上陵者篇

上陵者相追攀被服纖麗振綺紈攜童幼升崇巒南望城闕鬱盤桓王公第通衢端高甍華屋列朱軒臨濬谷掇秋蘭士女悠奕映隰原指營丘感牛山爽鳩既沒景君歎譽歲聿逝不還志氣衰沮玄鬢斑野莽宿墳土乾顧此纍纍中心酸生必死亦何怨取樂今日展情歡

將進酒篇

將進酒慶三朝備繁禮薦嘉肴榮枯換霜霧交綏春帶命朋僚車等旗馬齊鑣懷溫克樂林濛士失志慍情勞

思旨酒寄遊遨敗德人甘醇酵耽長夜或淫妖興屢舞厲哇謠形傞傞聲號呶首既濡志亦荒性命夭國家亾嗟後生節酣觴匪酒辜孰爲殃

君馬篇

君馬麗且閑揚鑣騰逸姿駿足躡流景高步追輕飛冉冉六轡柔奕奕金華暉輕霄翼羽蓋長風靡淑旂顧爲范氏驅雖容步中鐵豈效詭遇子馳騁趣危機鉛陵策良駟造父爲之悲不怨吳坂峻但恨伯樂稀赦彼岐山盜實濟韓原師奈何漢魏主縱情營所私疲民甘藜藿廄馬患盈肥人畜智厥養蒼生將焉歸

芳樹篇

芳樹生北庭豐隆正徘徊翠頴陵冬秀紅葩迎春開佳人閒幽室惠心婉以諧蘭芳掩綺幌綠草被長階日夕遊雲際歸禽命同棲皓月盈素景涼風拂中閨哀絃理虛堂要妙清且悽嘯歌流激楚傷此碩人懷梁塵集丹帷微飈揚羅袿音怨嘉時暮徒惜良願乖

有所思篇

有所思思昔人曾閔二子善養親和顏色奉昏晨至誠烝烝通明神鄒孟軻爲齊卿稱身受祿不貪榮道不用獨擁楹三徙旣辭禮義明飛鳥集猛獸附功成事畢乃

更娶哀我生遘凶旻幼罹荼毒備艱辛慈顔絶見無因長懷永思託丘墳（毒郭作酷）

雉子遊原澤篇

雉子遊原澤幼懷耿介心飲啄雖勤苦不願棲園林古有避世士抗志清霄兮浩然寄卜肆揮棹通川陰逍遥風塵外散髮撫鳴琴卿相非所盻何況於千金功名豈不美寵辱亦相尋冰炭結六府憂虞纏胷襟當世須大度量已不克任三復泉流誡自驚良已深

上邪篇

上邪下難正衆枉不可矯音和響必清端影緣直表大

化揚仁風齊人猶偃草聖王既已沒誰能弘至道開春湛柔露代終肅嚴霜承平貴孔孟政弊侯申商孝公明賞罰六世猶克昌李斯肆濫刑秦民所以亡漢宣隆中興魏祖寧三方譬彼鍼與石效疾故稱良行葦非不厚悠悠何詎央琴瑟時未調改弦當更張矧乃治天下此要安可忘

臨高臺篇

臨高臺望天衢飄然輕舉陵太虛攜列子超帝鄉雲衣雨帶乘風翔肅龍駕會瑤臺清輝浮景溢蓬萊濟西海濯洧盤佇立雲嶽結幽蘭馳迅風遊炎州願言桑梓思舊遊傾霄蓋靡電旌降彼天塗頽窈冥辭仙族歸人羣

懷忠抱義奉明君任窮達隨所遭何爲遠想令心勞

遠期篇

遠期千里客肅駕候良辰近命城郭友具爾惟懿親高門啓雙闈長筵列嘉賓中唐儛六佾三廂羅樂人簫管激悲音羽毛揚華文金石響高宇絃歌動梁塵修標多巧捷丸劒亦入神遷善自雅調成化由清均主人垂隆慶羣士樂亾身願我聖明君邇遠期保萬春

石流篇

石上流水湔湔其波發源幽岫永歸長河瞻彼逝者歲月其偕子在川上惟以增懷嗟我殷憂載勞寤寐遘此

百罹有志不遂行年倐忽長勤是嬰永言沒世悼茲無成幸遇開泰沐浴嘉運緩帶安寢亦又何愠古之爲仁自求諸己虛情遥慕終於徒已

齊隨王鼓吹曲 十首

齊永明八年謝朓奉鎮西隨王教於荆州道中作　謝朓

元會曲 以下三曲頌帝功

二儀啓昌歷三陽應慶期珪贄紛成序鞮譯諜來思分階綺組練充庭羅翠旗觴流白日下吹謚景雲滋天儀穆藻殿萬寓壽皇基 陽一作朝謚一作溢壽一作慶

郊祀曲

六宗禋祀岳五時奠甘泉整蹕遊九闕清笳開八壖鏘鏘玉鑾動溶溶金障旋郊宮兗已屬升柴禮既虔福響靈之集南岳固斯年靈一作雲

鈞天曲

高宴顥天臺置酒迎風觀笙鏞禮百神鍾石動雲漢瑤臺琴瑟驚綺席舞衣散威鳳來參差玄鶴起凌亂已慶明庭樂詎慙南風彈臺一作堂　琴一作寶　起一作至　詎慙一作誰想

入朝曲以下三曲頌藩德

江南佳麗地金陵帝王州逶迤帶綠水迢遞起朱樓飛甍夾馳道垂楊蔭御溝凝笳翼高蓋疊鼓送華輈獻納

雲臺表功名良可收

出藩曲

雲枝紫微內分組承明阿飛艎遡極浦旌節去關河眇眇蒼山色洸洸遠水波鐃音巴渝曲簫管盛唐歌夫君邁遺德江漢仰清和遡一作遊遠一作寒管一作鼓遺一作惟

校獵曲

凝霜冬十月殺盛涼飈哀原澤曠千里騰騎紛往來平罝望烟合烈火從風迴殪獸華容浦張樂荊山臺虞人昔有諭明明時戒哉哀一作開紛一作絡

從戎曲

選旅辭轘轅弭節赴河源日起霜戈照風廻連騎鱗紅
塵朝夜合黃河萬里昏寥戾清笳囀蕭條邊馬煩自勉
輟耕願征役去何言赴一作趨

送遠曲

北梁辭歡宴南浦送佳人方衢控龍馬平路騁朱輪瓊
筵妙舞絕桂席羽觴陳白雲丘陵遠山川時未因一爲
清吹激潺湲傷別巾

登山曲

天明開秀崿瀾光媚碧隄風逿盪飄鶯亂雲華芳樹低暮
春春服美遊駕淩丹梯升嶠旣小魯登巒且悵齊王孫

尚游衍蕙草正萋萋飄鸞亂一作翻鸞亂雲華一作雲行淩一作躡丹一作石

汎水曲

玉露霑翠葉金風鳴素枝罷遊平樂苑汎鷁昆明池旌旗散容裔簫管吹參差日晚厭遵渚採菱贈清漪百年如流水寸心寧共知露一作霜旌一作羽管一作谷

梁鼓吹曲十二首

隋書樂志曰梁高祖制鼓吹新歌十二曲

木紀謝隋書樂志曰改朱鷺言齊謝梁升也

沈約

木紀謝火運昌炳南陸耀炎光民去癸鼎歸梁鮫魚出慶雲翔韊五帝軼三王德無外化溥將仁蕩蕩義湯湯

浸金石達昊蒼橫四海被八荒舞干戚垂衣裳對天眷坐巖廊胤有錫祚無疆風教遠禮容盛感人神宣舞詠降繁祉延嘉慶（火一作炎）

賢首山（改思悲翁言武帝破㹨軍於司部肇王迹也）

賢首山險而峻蹇嵲憑臨胡陣騁奇謀奮卒徒斷白馬塞飛狐殪日逐殲骨都刃谷蠡馘林胡草既潤原亦塗輪無反幕有烏掃殘孽震戎逋揚凱奏展歡酺詠杕杜旋京吴（謀一作謨）

桐柏山（改艾如張言武帝牧司王業彌章也）

桐柏山淮之首肇基帝跡遂光區有大震邊關迹殪獯

醜農既勸民惟阜穗克庭稼盈畝迨嘉辰蘉芳糗納寒塲為春酒昭景福介眉壽天斯長地斯久化無極功無朽

道亾 改上之回言東昏喪道義師起樊鄧也

道亾數極歸永元悠悠兆庶盡含冤沈河莫極皆無安赴海誰授矯龍翰自樊漢仙波流水淸且瀾救此倒懸拯塗炭誓師劉旅赫靈斷率茲八百驅十亂登我聖明由多難長夜杳冥忽云旦

忱威 改擁離言破加湖元勳建也

忱威授律命蒼兕言薄加湖灌秋水廻瀾瀄汨汎增雉

爭河掕岸掬盈掐犯刃嬰戈洞流矢資此威烈齊文軌

兕一作兕
威一作盛

漢東流敗戰城南言義師克黎山城也

漢東流江之汭逆徒蜂聚旌旗紛蔽仰震威靈乘高騁銳至仁解綱窮鳥入懷因此龍躍言登泰階

鶴樓峻敗巫山高言平郢城兵威無敵也

鶴樓峻連翠微因巖設險池永歸脣亾齒懼薄言震耀靈威凶衆稽顙天不能違金湯無所用功烈長巍巍

昬主恣淫慝敗上陵言東昬政亂武帝起義平九江姑熟大破朱雀伐罪弔民也

昬主恣淫慝皆曰自昌盛上仁矜億兆誓師爲請命旣

齊丹浦戰又符甲子辰龕難伐有罪伐罪弔斯民悠悠
億萬姓於此覩陽春

石首局 改將進酒言義師平京城仍廢昏定大事也

石首局北墉壇新堞嚴東壘峻共表裏遥相鎮矢未飛
鼓方振競銜璧竝輿櫬酒池撥象廊震同伐謀兼善陳
闢應和掃煨燼翦庶惡靡餘亂

期運集 改有所思言武帝膺籙受禪德盛化遠也

期運集惟皇膺寶符龍躍清漢渚鳳起方城隅謳歌共
適夏獄訟兩違朱二儀啓嘉祚千載猶旦暮舞蹈流帝
功金玉昭王度 膺一作應方一作南

於穆 改芳樹言大梁闡運君臣和樂休祚方遠也

於穆君臣君臣和以肅關王道定天保樂均靈囿宴同在鎬前庭懸鼓鍾左右列笙鏞纓佩俯仰有則備禮容翔振鷺騁羣龍隆周何足擬遠與唐比蹤 前庭一作庭前備一作脩

惟大梁 改上邪言梁德廣運仁化洽也

惟大梁開運受籙膺圖君八極冠帶被五都四海並和會排闕欸塞無異塗 膺一作應圖一作天君八極一作冠八極二一本無冠字

唷凱樂歌辭三首

述帝德

於穆我后睿哲欽明膺天之命載育羣生開元創曆邁

德垂聲朝宗萬寓祗事百靈煥乎皇道昭哉帝則惠政滂流仁風四塞淮海未賓江湖背德運籌必勝濯征斯克八荒霧卷四表雲褰雄圖盛略邁後光前寰區已泰福祚方延長歌凱樂天子萬年

述諸軍用命

帝德遠覃天維宏布功高雲天聲隆韶濩惟彼海隅未從王度皇赫斯怒元戎啓路桓桓猛將赳赳英謨攻如燎髮戰似摧枯救兹塗炭克彼妖逋塵清兩越氣靜三吳鯨鯢已夷封疆在闢班馬蕭蕭歸旌奕奕雲臺表效司勳紀績業並山河道固金石

述天下太平

阪泉軒德丹浦堯勳始實以武終乃以文嘉樂聖主大哉爲君出師命將廓定重氛書軌既并干戈是戢弘風設教政成人立禮樂聿興衣裳載緝風雲自美嘉祥爰集皇皇聖政穆穆神猷牢籠虞夏度越姬劉日月比耀天地同休永清四海長帝九州

古樂苑卷第十一　終

古樂苑卷第十二

西吳　梅鼎祚　補正
東越　呂胤昌　校閱

橫吹曲辭一

橫吹曲其始亦謂之鼓吹馬上奏之葢軍中之樂也北狄諸國皆馬上作樂故自漢巳來北狄樂總歸鼓吹署其後分爲二部有簫笳者爲鼓吹用之朝會道路亦以給賜漢武帝時南越七郡皆給鼓吹是也有鼓角者爲橫吹用之軍中馬上所奏者是也晉書樂志曰橫吹有鼓角又有胡角按周禮云以鼖鼓鼓軍事舊說云蚩尤氏帥魑魅與黃帝戰於涿鹿帝乃始命吹角爲龍鳴以禦之其後魏武北征烏丸越沙漠而軍士思歸於是減爲半鳴尤更悲矣橫吹有雙角即胡樂也漢博望侯張騫入西域傳其法於西京唯得摩訶兜勒一曲李延年因胡曲更造新聲二十八解乘輿以爲武樂後

漢以給邊將和帝時萬人將軍得用之魏晉以來二十八解不復具存而世所用者有黃鵠等十曲其辭後亾又有關山月等八曲後世之所加也後魏之世有歎邐迴歌其曲多可汗之辭皆燕魏之際鮮卑歌歌辭虜音不可曉解蓋大角曲也又古今樂錄有梁鼓角横吹曲多叙慕容垂及姚泓時戰陣之事其曲有企喻等歌三十六曲樂府胡吹舊曲又有隔谷等歌三十曲揔六十六曲未詳時用何篇也自隋以後始以横吹用之鹵簿與鼓吹列爲四部揔謂之鼓吹並以供大駕及皇太子王公等一曰棡鼓部其樂器有棡鼓金鉦大鼓小鼓長鳴角吹鳴角大角七種棡鼓金鉦一曲夜警用之大鼓十五曲小鼓九曲大角七曲其辭並本之鮮卑二曰鐃鼓部其樂器有歌鼓簫笳四種凡十二曲三曰大横吹部其樂器有角節鼓笛簫篳篥笳桃皮篳篥七種凡二十九曲四曰小横吹部其樂器有角笛簫篳篥笳桃皮篳篥六種凡十二曲夜警亦用之

漢横吹曲 擬漢

樂府解題曰漢橫吹曲二十八解李延年造魏晉已來唯傳十曲一曰黃鵠二曰隴頭三曰出關四曰入關五曰出塞六曰入塞七曰折楊柳八曰黃覃子九曰赤之揚十曰望行人後又有關山月洛陽道長安道梅花落紫騮馬驄馬雨雪劉生八曲合十八曲其辭並亡惟出塞一曲諸本載云古辭今列諸家擬者于後

隴頭

一曰隴頭水通典曰天水郡有大阪名曰隴坻亦曰隴山即漢隴關也辛氏三秦記曰其坂九回上者七日乃越上有清水四注下所謂隴頭水也

陳後主

隴頭征戍客寒多不識春驚風起嘶馬苦霧雜飛塵投錢積石水歛轡交河津四面夕冰合萬里望佳人

隴頭水

梁元帝

銜悲別隴頭關路漫悠悠故鄉迷遠近征人分去留沙飛曉成幕海氣旦如樓欲識秦川處隴水向東流

同前　劉孝威

從軍戍隴頭隴水帶沙流時觀胡騎飲常為漢國羞釁妻成兩劒殺子祀雙鉤頓取樓蘭頸就解郅支裘勿令如李廣功遂不封侯一作功多遂不酬

同前　車𣪎

隴頭征人別隴水流聲咽只為識君恩甘心從苦節雪凍弓弦斷風鼓旗竿折獨有孤雄劒龍泉字不滅

同前二首　陳後主

塞外飛蓬征隴頭流水鳴漠處揚沙暗波中燥葉輕地
風氷易厚寒深溜轉清登山一回顧幽咽動邊情
高隴多悲風寒聲起夜叢禽飛暗識路鳥轉逐征蓬落
葉時驚沫移沙屢擁空回頭不見望流水玉門東

同前　徐陵

別塗聳千仞離川懸百丈攢荆夏不通積雪冬難上枝
交隴底暗石礙坡前響回首咸陽中唯言夢時往

同前　顧野王

隴底望秦川迢遞隔風煙蕭條落野樹幽咽響流泉瀚
海波難息交河氷未堅寧知蓋山水逐節赴危絃

同前　謝燮

隴坂望咸陽征人慘思腸咽流喧斷岸遊沫聚飛梁凫
分歛冰彩虹飲照旗光試聽鐃歌曲唯吟君馬黃

同前二首　張正見

隴頭鳴四注征人逐貳師羌笛含流咽胡笳雜水悲湍
高飛轉駛澗淺蕩還遲前旌去不見上路杳無期
隴頭流水急流急行難渡遠入隗囂營傍侵酒泉路心
交賜寶刀小婦成紈袴欲知別家久戎衣今已故

同前二首　江摠

隴頭萬里外天崖四面絕人將蓬共轉水與啼俱咽驚

湍自涌沸古樹多摧折傳聞博望侯苦辛提漢節霧暗山中日風驚隴上秋徒傷幽咽響不見東西流無期從此別更度幾年幽遥聞玉關道望入杳悠悠幽咽一作嗚咽

入關　梁吳均

羽檄起邊庭烽火亂如螢是時張博望夜赴交河城馬頭要落日劍尾掣流星君恩未得報何論身命傾身命傾一作身是傾

同前詩彙作庾信　隋虞茂

隴雲低不散黃河咽復流關山多道里相接幾重愁幾重

愁一作萬重愁

出塞

晉書樂志曰出塞入塞曲李延年造曹嘉之晉書曰劉疇嘗避亂塢壁賈胡百數欲害之疇無懼色援笳而吹之爲出塞入塞之聲以動其遊客之思於是羣胡皆垂泣而去西京雜記高帝戚夫人善鼓瑟擊筑帝常擁夫人倚瑟而絃歌畢每泣下流漣夫人善爲翹袖折腰之舞歌出塞入塞望歸之曲侍婦數百皆習之後宮齊首高唱聲入雲霄則高帝時已有之疑不起於延年也唐又有塞上塞下曲蓋出於此

古辭

候騎出甘泉奔命入居延旗作浮雲影陣如明月弦

同前　梁劉孝標

薊門秋氣清飛將出長城絕漠衝風急交河夜月明陷

敵擬金鼓摧鋒揚旆旌去去無終極日暮動邊聲

同前 一作塞下曲 周王褒

飛蓬似征客千里自長驅塞禽唯有鴈關樹但生榆背山看故壘繫馬識餘蒲還因麾下騎來送月支圖 三齊畧記 秦始皇至東海蟠蒲繫馬至今其地蒲生皆糾結

同前 薛道衡世基和 隋楊素

漠南胡未空漢將復臨戎飛狐出塞北碣石指遼東冠軍臨瀚海長平翼大風雲橫虎落陣氣抱龍城虹橫行萬里外胡運百年窮兵寢星芒落戰解月輪空嚴鐎息夜斗騂角罷鳴弓北風嘶朔馬胡霜切塞鴻休明大道

暨幽荒日用同方就長安邸來謁建章宮幽荒日用同一作幽荒日照同

漢虜未和親憂國不憂身握手河梁上窮涯北海濱據鞍獨懷古忼慨感良臣歷覽多舊迹風日慘愁人荒塞空千里孤城絕四鄰樹寒偏易古草衰恒不春交河明月夜陰山苦霧辰雁飛南入漢水流西咽秦風霜久行役河朔備艱辛薄暮邊聲起空飛胡騎塵

同前二首　薛道衡

高秋白露團上將出長安塵沙塞下暗風月隴頭寒轉蓬隨馬足飛霜落劒端凝雲迷代郡流水凍桑乾烽微

桔槔逵橋峻轆轤難從軍多惡少召募盡材官伏堤時臥鼓疑兵作解鞍柳城擒冒頓長坂納呼韓受降今更築燕然已重刊還嗤傳介子辛苦刺樓蘭柳城擒冒頓一作龍城擒冒頓

邊庭烽火驚插羽夜徵兵少昊騰金氣文昌動將星長驅鞮汗北直指夫人城絶漠三秋暮窮陰萬里生寒夜哀笳曲霜天斷鴈聲連旗下鹿塞疊鼓向龍庭妖雲墜虜陣暈月遶胡營左賢皆頓顙單于已繫纓䋲馬登玄闕鉤鯤臨北溟當知霍驃騎高第起西京

同前二首後首一作虞世南按世基與道衡並和楊素作各二首句數亦同則此似非世

南矣

虞世基

窮秋塞草腓塞外胡塵飛徵兵廣武至候騎陰山歸廟堂千里策將軍百戰威轅門臨玉帳大旆指金微摧朽無勍敵應變有先機銜枚壓曉陣卷甲解朝圍瀚海波瀾靜王庭氛霧晞鼓鼙嚴朔氣原野曀寒暉勳庸震邊服歌吹入京畿待拜長平坂鳴騶入禮闈

卷甲解朝闉一作卷甲掩胥闉

上將三略遠元戎九命尊緬懷古人節思酬明主恩山西多勇氣塞北有遊魂揚桴度隴坂勒騎上平原誓將絕沙漠悠然去玉門輕齎不遑舍驚策騖戎軒懍懍邊

風急蕭蕭征馬煩雪暗天山道氷塞交河源霧烽黯無色霜旗凍不翻耿介倚長劒日落風塵昏度隴一作上隴勒騎上一作勒馬下

入塞　　周王褒

戍久風塵色勳多意氣豪建章樓閣迥長安陵樹高度冰傷馬骨經寒墜節旄行當見天子無假用錢刀

同前　　隋何妥

桃林千里險候騎亂紛紛問此將何事嫖姚封冠軍回旌引流電歸蓋轉行雲待任蒼龍傑方當論次勳方當一作何當

折楊柳 唐書樂志曰梁樂府有胡吹歌云上馬不捉鞭反拗楊柳枝下馬吹橫笛愁殺行客兒此歌辭元出北國卽鼓角橫吹曲折楊柳枝是也宋書五行志曰晉太康末京洛爲折楊柳之歌其曲有兵革苦辛之辭按古樂府又有小折楊柳相和大曲有折楊柳行清商四曲有月節折楊柳歌十三曲與此不同

梁元帝

山高巫峽長垂柳復垂楊同心且同折故人懷故鄉山似蓮花艷流如明月光寒夜猿聲徹遊子淚霑裳

同前 一本作簡文帝

柳惲

楊柳亂成絲攀折上春時葉密鳥飛礙風輕花落遲城高短簫發林空畫角悲曲中別無意併是爲相思 別無意一作無別意

同前　劉邈

高樓十載別楊柳濯絲枝摘葉驚開駛攀條恨久離年年阻音息月月減容儀春來誰不望相思君自知

同前二首　陳後主

楊柳動春情倡園妾屢驚入樓含粉色依風雜管聲武昌識新種官渡有殘生還將出塞曲仍共胡笳鳴（仍共一作仍作）

長條黃復綠垂絲密且繁花落幽人逕步隱將軍屯谷暗宵鉦響風高夜笛喧聊持暫攀折空足憶中園（空足一作空是）

同前　岑之敬

將軍始見知細柳繞營垂懸絲拂城轉飛絮上宮吹塞門交度葉谷口暗橫枝曲成攀折處唯言怨別離

同前　徐陵

嫋嫋河堤樹依依魏主營江陵有舊曲洛下作新聲妾對長楊苑君登高柳城春還應共見蕩子太無情

同前　張正見

楊柳半垂空裊裊上春中枝疎董澤箭葉碎楚臣弓色映長河水花飛高樹風莫言限宮掖不閉長楊宮

同前　王瑳

塞外無春色上林柳已黃枝影侵宮墻葉彩亂星光陌頭藏戲鳥樓上掩新粧攀折思為贈心期別路長

同前　江揔

萬里音塵絕千條楊柳結不悟倡園花遙同天嶺雪春心自浩蕩春樹聊攀折共此依依情無奈年年別（天一作羌）

關山月（樂府解題曰關山月傷離別也古木蘭詩曰萬里赴戎機關山度若飛朔氣傳金柝寒光照鐵衣按相和曲有度關山亦類此）　梁元帝

朝望清波道夜上白登臺月中含桂樹流影自徘徊寒沙逐風起春花犯雪開夜長無與晤衣單誰為裁

同前二首　陳後主

秋月上中天迴照關城前暈缺隨灰減光滿應珠圓帶樹還添桂銜峰乍似弦復教征戍客長怨久連翩

戍邊歲月久恒悲望舒耀城遙接暈高澗風連影搖爽光帶岫徙冷色含山峭看時使人憶爲似嬌娥照

同前　陸瓊

邊城與明月俱在關山頭焚烽望别壘擊斗宿危樓團團婕妤扇纖纖秦女鈎鄉園誰共此愁人屢益愁

同前　張正見

巖閒度月華流彩暎山斜暈逐連城璧輪隨出塞車唐蓂遥合影秦桂遠分花欲驗盈虛駛方知道路賒（駛一作理）

同前二首　徐陵

關山三五月客子憶秦川思婦高樓上當牕應未眠星旗映疎勒雲陣上祁連戰氣今如此從軍復幾年

月出柳城東微雲掩復通蒼茫縈白暈蕭瑟帶長風羌兵燒上郡胡騎獵雲中將軍擁節起戰士夜鳴弓

同前　賀力牧

重關斂暮煙明月下秋前照石疑分鏡臨弓似引弦霧暗迷旗影霜濃濕劒蓮此處離鄉客遥心萬里懸霧一作雷

同前　阮卓

關山陵漢開霜月正徘徊映林如璧碎侵塞似輪摧楚

師隨晦盡胡兵逐暖來寒笳將夜鵲相亂曉聲哀

同前　江摠

兔月半輪明狐關一路平無期造此別復欲幾年行映光書漢奏分影照胡兵流落今如此長戍受降城

同前　周王褒

關山夜月明秋色照孤城影虧同漢陣輪滿逐胡兵天寒光轉白風多暈欲生寄言亭上吏遊客解雞鳴

洛陽道　梁簡文帝

洛陽佳麗所大道滿春光遊童時挾彈蠶妾始提筐金鞍照龍馬羅袂拂春桑玉車爭曉入潘果溢高箱（時一作初）

同前　梁元帝

洛陽開大道城北達城西青槐隨幔拂綠柳逐風低玉珂鳴戰馬金爪鬭塲雞桑萎日行暮多逢秦女妻

同前　沈約

洛陽大道中佳麗實無比燕裙傍日開趙帶隨風靡領上蒲桃繡腰中合歡綺佳人殊未來薄暮空徒倚

同前　庾肩吾

徼道臨河曲曾城傍洛川金門纔出柳桐井半含泉日起罘罳外車回雙闕前潘生時未返遥心徒眷然

同前　車敹

洛陽道八達洛陽城九重重闕如隱起雙闕似芙蓉王
孫重行樂公子好遊從別有傾人處佳麗夜相逢

同前五首　陳後主

諠譁照邑里遨遊出洛京霜枝嫩柳發水塹薄苔生停
鞭回去影駐軸敞前甍臺上經相識城下屢逢迎踟躕
還借問只重未知名

日光朝杲杲照耀東京道霧帶城樓開啼侵曙色早佳
麗嬌南陌香氣含風好自憐釵上纓不歎河邊草

建都開洛汭中地乃城陽縱橫肆八達左右闢康莊銅
溝飛柳絮金谷落花光忘情伊水側稅駕河橋傍

百尺瞰金埒九衢通玉堂柳花塵裏暗槐色露中光遊俠幽并客當鑪京兆粧向夕風煙晚金羈滿洛陽

青槐夾馳道御水映銅溝遠望凌霄闕遥看井幹樓黃金彈俠少朱輪盛徹侯桃花雜渡馬紛披聚陌頭

同前 二首　　徐陵

綠柳三春暗紅塵百戲多東門向金馬南陌接銅駝華軒翼葆吹飛蓋響鳴珂潘郎車欲滿無奈擲花何

洛陽馳道上春日起塵埃濯龍望如水河橋度似雷聞珂知馬蹀傷幰見甍開相看不得語密意眼中來水一作霧

同前　　岑之敬

喧喧洛水濱鬱鬱小平津路傍桃李節陌上採桑春聚車看衛玠連手望安仁復有能留客莫愁嬌態新

同前　陳暄

洛陽九逵上羅綺四時春路傍避驄馬車中看玉人鎮西歌豔曲臨淄逢麗神欲知雙璧價潘夏正連茵（逵一作衢）

同前　王瑳

洛陽夜漏盡九重平旦開日照蒼龍闕煙遶鳳凰臺浮雲翻似蓋流水到成雷曹王鬬雞返潘仁載果來

同前　張正見

曾城啓旦扉上洛滿春暉柳影緣溝合槐花夾岸飛蘇

合彈珠罷黃間負翳歸紅塵暮不息相看連騎稀

同前 二首　江揔

德陽穿洛水伊闕邇河橋仙舟李膺棹小馬王戎鑣杏堂歌吹合槐路風塵饒綠珠含淚舞孫秀彊相邀

小平路四達長秋聽五鐘玉節迎司隸錦車歸濯龍紘歌聲不息環佩響相從花障蕩舟笑日映下山逢（路一作臨）

長安道　梁簡文帝

神皐開隴右陸海實西秦金槌抵長樂複道向宜春落花依度幰垂柳拂行人金張及許史夜夜尚留賓（金槌一作推輪）

同前　元帝

西接長楸道南望小平津飛甍臨綺翼輕軒影畫輪雕轂承赭汗槐路起紅塵燕姬雜趙女淹留重上春

同前　庾肩吾

桂宮延複道黃山開廣路遠聽平陵鐘遥識新豐樹合殿生光彩離宮起煙霧日落歌吹回塵飛車馬度（回一作還）

同前　陳後主

建章通未央長樂屬明光大道移甲第甲第玉爲堂遊蕩新豐裏戲馬渭橋傍當壚晚留客夜夜苦紅粧

同前　顧野王

鳳樓臨廣路仙掌入煙霞章臺京兆馬逸陌富平車東

門路廣餞北闕董賢家渭橋縱觀罷安能訪狹斜

同前　阮卓

長安馳道上鐘鳴宮寺開殘雲銷鳳闕宿霧歛章臺騎轉金吾度車鳴丞相來藹藹東都晚羣公騶御回

同前　蕭賁

前登灞陵道還瞻渭水流城形類北斗橋勢似牽牛飛軒駕良駟寶劒雜輕裘經過狹斜裏日暮與淹留（裏一作里）

同前　徐陵

輦道乘雙闕豪雄被五都橫橋象天漢法駕應坤圖韓康賣良藥董偃鬻明珠喧喧擁車騎非但執金吾

同前　陳暄

長安開繡陌三條向綺門張敞車單馬韓嫣乘副軒寵深來借殿功多競買園將軍夜夜返絃歌著曙喧

同前　江揔

翠蓋乘承露金羈照落暉五侯新拜罷七貴早朝歸轟轟紫陌上藹藹紅塵飛日暮延平客風花拂舞衣

同前　周王褒

槐衢回北第馳道度西宮樹陰連袖色塵影雜衣風採桑逢五馬停車對兩童喧喧許史座鐘鳴賓未窮

同前　隋何妥

長安狹斜路縱橫四達分車輪鳴鳳轄箭服耀魚文五
陵多任俠輕騎自連羣少年皆重氣誰識故將軍

梅花落梅花落本笛中曲也按唐大角曲亦有大單于小單于大梅花小梅花等曲今其聲猶有存者　宋鮑照

中庭雜樹多偏爲梅咨嗟問君何獨然念其霜中能作
花露中能作實搖蕩春風媚春日念爾零落逐風飈徒
有霜華無霜質

同前　梁吳均

終冬十二月寒風西北吹獨有梅花落飄蕩不依枝流
連逐霜彩散漫下氷澌何當與春日共映芙蓉池

同前 二首　　陳後主

金砌落芳梅飄零上鳳臺拂粧疑粉散逐溜似萍開映日花光動迎風香氣來佳人早插髻試立且徘徊（金一作春）楊柳春樓邊車馬飛風煙連娉烏孫伎屬客單于氈鴈聲不見書蠶絲欲斷弦欲持塞上蕊試立將軍前

同前　　徐陵

對户一株梅新花落故栽燕拾還蓮井風吹上鏡臺倡家怨思妾樓上獨徘徊啼看竹葉錦簪罷未成裁（怨一作愁）

同前　　蘇子卿

中庭一樹梅寒多葉未開秖言花是雪不悟有香來上

郡春悄晚高樓年易催織書偏有意教逐錦文回（是一作似）

同前　張正見

芳樹映雪野發早覺寒侵落遠香風急飛多花逕深周人歎初摽魏帝指前林邊城少灌木折此自悲吟（雪一作雲）

同前（三首末一首文苑英華作徐陵玉臺新詠作摠）　江摠

縹色動風香羅生枝已長妖姬墜馬髻未插江南璫轉袖花紛落春衣共有芳羞作秋胡婦獨採城南桑

胡地少春來三年驚落梅偏疑粉蝶散乍似雪花開可憐香氣歇可惜風相摧金鐃且莫韻玉笛幸徘徊

臘月正月早驚春衆花未發梅花新可憐芬芳臨玉臺

朝攀晩折還復開長安少年多輕薄兩兩常唱梅花落
滿酌金巵催玉柱落梅樹下宜歌舞金谷萬株連綺甍
梅花密處藏嬌鶯桃李佳人欲相照摘葉牽花來並笑
楊柳條青樓上輕梅花色白雪中明橫笛短簫淒復切
誰知柏梁聲不絕

紫騮馬 古今樂錄曰紫騮馬古辭云十五從軍征八十始得歸道逢鄉里人家中有阿誰又梁曲曰獨柯不成樹獨樹不成林念娘錦襠恒長不忘心蓋從軍久戍懷歸而作也

梁簡文帝

賤妾朝下機正值良人歸青絲懸玉鐙朱汗染香衣驟
急珂彌響跼多塵亂飛雕菰幸可薦故君心莫違 君一作人

同前郭本遺後四句　元帝

長安美少年金絡錦連錢宛轉青絲鞚照耀珊瑚鞭依槐復依柳蹀躞復隨前方逐幽并去西北共聯翩

同前二首　陳後主

嫖姚紫塞歸蹀躞紅塵飛玉珂鳴廣路金絡耀晨輝蓋轉時移影香動屢驚衣禁門猶未閉連騎恣相追一作莫相違

蹀躞紫騮馬照耀白銀鞍直去黃龍外斜趨玄菟端垂鞬還細柳揚塵歸上蘭紅臉桃花色客別重羞看

同前　李燮

紫燕忽踟躕紅塵起路隅園人移苜蓿騎士逐蘼蕪三

邊追黠虜一鼓定彊胡安用珂爲玉自有汗成珠

同前　徐陵

玉鐙繡纏鬃金鞍錦覆幪風驚塵未起草淺埒猶空角弓穿兩兎珠彈落雙鴻日斜馳逐罷連翩還上東（穿一作連）

同前　張正見

將軍入大宛善馬出從戎影絶乾河上聲流水窟中似鹿猶疑草如龍欲向空須還十萬里試爲一追風（水一作入）

同前　陳暄

天馬汗如紅鳴鞭度九嵕飲傷城下凍嘶依北地風笳寒芳樹歇笛怨柳枝空横行意未已羞住轂車中（住一作往）

同前 一作蘇子卿 祖孫登

候騎陌樓蘭長城迴路難嘶從風處斷骨住水中寒飛塵暗金勒落淚灑銀鞍抽鞭上關路誰念客衣單 迴一作廻

同前 獨孤嗣宗

倡樓望早春寶馬度城闉照耀桃花逕蹀躞採桑津金羈麗初景玉勒染輕塵遠聽珂驚急猶是畫眉人 猶一作知

同前 江摠

春草正萋萋蕩婦出空閨識是東方騎猶帶北風嘶揚鞭向柳市細蹀上金堤願君憐織素殘粧尚有啼

驄馬 一曰驄馬驅皆言關塞征役之事 梁車斅

驄馬鏤金鞍柘彈落金丸意欲趁驔走先作野遊盤平明發下蔡日中過上蘭路遠行須疾非是畏人看

同前 題一有曲字　劉孝威

十五宦期門二十屯邊徼犀羈玉鏤鞍寶刀金錯鞘一隨驄馬驅分受青蠅弔且令都護知願被將軍照誓使氊衣鄉掃地無遺噍

同前　隋庾抱

櫪上浮雲驄本出吳門中發跡來東道長鳴起北風迴鞍拂桂白赭汗類塵紅滅沒徒留影無因圖漢宮

同前　王由禮

善馬金羈飾躡影復凌空影入長城水聲隨胡地風控歛青門外珂喧紫陌中行行苦不倦唯當御史驄

驄馬驅　梁元帝

朔方寒氣重胡關饒苦霧白雪晝凝山黃雲宿埋樹連翩行後子終朝征馬驅試上金微山還看玉關路驅都故切

同前　劉孝威

翩翩驄馬驅橫行復斜趨先救遼城危後拂燕山霧風傷易水湄日入隴西樹未得報君恩聯翩終不住趨去聲

同前　陳徐陵

白馬號龍駒雕鞍名鏤渠諸兄二千石小婦字羅敷倚

端輕掃史召募擊休屠塞外多風雪城中絶詔書空憶長楸下連蹀復連蹢渠一作衢史一作吏

同前　江摠

長城兵氣寒飲馬詎為難暫解青絲轡行歇鏤衢鞍白登圍轉急黃河凍不乾萬里朝飛電論功易走丸

雨雪　采薇詩曰昔我往矣楊柳依依今我來思雨雪霏霏穆天子傳曰天子遊于黃室之曲筵獵苹澤天子乃休日中大寒北風雨雪有凍人天子作詩三章以哀之曰我徂黃竹是也雨雪曲蓋取諸此　陳後主一作雨雪曲

長城飛雪下邊關地籟吟濛濛九天暗霏霏千里深樹冷月恒少山霧日偏沈況聽南歸鴈切思胡笳音

雨雪曲　陳江暉

邊城風雪至客子自心悲風哀笳弄斷雪暗馬行遲輕生本爲國重氣不關私恐君猶不信撫劒一揚眉

同前　張正見

胡關辛苦地雲路遠漫漫含冰踏馬足雜雨凍旗竿沙漠飛恒暗天山積轉寒無因辭日逐團扇掩齊紈

同前　江摠

雨雪隔榆溪從軍度隴西遶陣看狐迹依山見馬蹄天寒旗彩壞地暗鼓聲低漫漫愁雲起蒼蒼别路迷

同前　陳暄

都尉出祁連雨雪滿雞田雕陵持抵鵲屬國用和氈氷合軍應渡樓寒烽未然花迷差未著疎勒復經年

同前　謝燮

朔邊昔離別寒風復凄切峩峩六尺氷飄飄千里雪未塞表安戸行封蘇武節應隨隴水流幾過空嗚咽 空一作疑

劉生 樂府解題曰劉生不知何代人齊梁已來為劉生辭者皆稱其任俠豪放周遊五陵三秦之地或云抱劍專征為符節官所未詳也按古今樂錄梁鼓角横吹曲有東平劉生歌疑卽此劉生也

梁元帝

任俠有劉生然諾重西京扶風好驚坐長安恒借名檣花聊夜飲竹葉解朝酲結交李都尉遨遊佳麗城

同前　吳均

結客少年歸翩翩駿馬肥報恩殺人竟賢君賜錦衣握蘭登建禮拖玉入含暉顧看草玄者功名終自微

同前　陳後主

遊俠長安中置驛過新豐擊鐘蒲璧磬鳴弦柳葉弓孟公正驚客朱家始賣僮羞作荆卿笑捧劒出遼東柳一作楊

同前　張正見

劉生絕名價豪俠恣遊陪金門四姓聚繡轂五矦來塵飛馬腦勒酒映硨磲杯別有追遊夜秋總向月開矦一作香

同前　江暉

五陵多美選六郡盡良家劉生代豪蕩標舉獨榮華寶劒長三尺金樽滿百花唯當重意氣何處有驕奢

同前　徐陵

劉生殊倜儻任俠遍京華戚里驚鳴筑平陽吹怨笳俗儒排左氏新室忌漢家高才被擯壓自古共憐嗟

同前 外編作隋王由禮題云贈俠侶　江摠

劉生負意氣長嘯且徘徊高論明秋水命賞陟春臺干戈倜儻用筆硯縱横才置驛無年限遊俠四方來 高一作辯

同前　隋柳莊

座驚稱字孟豪雄道姓劉廣陌通朱邸大路起青樓要

賢驛已置留賓轄且接光斜日下霧庭陰月上鈎且一作仍

同前　弘執恭

英名振關右雄氣逸江東遊俠五都內去來三秦中劍照七星影馬控千金驄縱橫方未息因茲定武功

古樂苑卷第一終

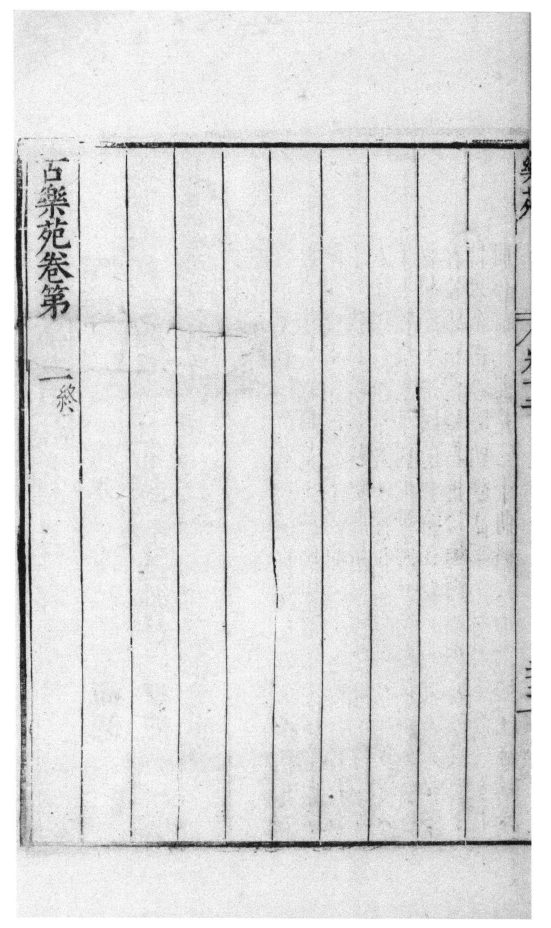

古樂苑卷第十三

西吳　梅鼎祚　補正
東越　呂胤昌　校閲

橫吹曲辭二　梁　陳

梁鼓角橫吹曲

古今樂錄曰梁鼓角橫吹曲有企喻琅琊王鉅鹿公主紫騮馬黃淡思地驅樂雀勞利慕容垂隴頭流水等歌三十六曲二十五曲有歌有聲十一曲有歌是時樂府胡吹舊曲有大白淨皇太子小白淨皇太子雍臺擒臺胡遵利羝女淳于王捉搦東平劉生單迪歷魯爽半和企喻北敦胡度來十四曲三曲有歌十一曲亾又有隔谷地驅樂紫騮馬折楊柳幽州馬客吟慕容家自魯企由谷隴頭魏高陽王樂人等歌二十七曲合前三曲凡三十曲總六十六曲江淹橫吹

賦云奏白臺之二曲起關山之一引採菱謝而自罷綠水輒而不進則白登關山又是三曲按歌辭有木蘭一曲不知起於何代也

企喻歌辭

古今樂錄曰企喻歌四首本北歌唐書樂志曰北狄樂其可知者鮮卑吐谷渾部落稽三國皆馬上樂也後魏樂府始有北歌卽所謂眞人代歌是也大都時命掖庭宮女晨夕職之周隋世與西涼樂雜奏今存者五十三章其名可解者六章慕容可汗吐谷渾部落稽鉅鹿公主白淨皇太子企喻也其不可解者咸多可汗之辭北虜之俗呼主爲可汗吐谷渾又慕容別種知此歌是燕魏之際鮮卑歌也其詞虜音竟不可曉梁胡吹又有大白淨皇太子小白淨皇太子企喻等曲隋鼓吹有白淨皇太子曲與北歌校之其音皆異又有半和企喻北敦蓋曲之變也四曲曲四解

男兒欲作健結伴不須多鷂子經天飛羣雀兩向波

放馬大澤中草好馬著驄牌子鐵裲襠鉺鉾鸐尾條

前行看後行齊著鐵裲襠前頭看後頭齊著鐵鉺鉾

男兒可憐蟲出門懷死憂尸喪狹谷中白骨無人收古今樂錄云是苻融詩本云深山解谷口把谷無人收後又有此二句

頭毛墮落魄飛揚百草頭或云

瑯琊王歌辭八曲曲四解

新買五尺刀懸著中梁柱一日三摩娑劇於十五女

瑯琊復瑯琊大道王陽春二三月單衫繡裲襠

東山看西水水流盤石間公死姥更嫁孤兒甚可憐

瑯琊復瑯琊瑯琊大道王鹿鳴思長草愁人思故鄉

長安十二門光門最妍雅渭水從壟來浮遊渭橋下

琅琊復琅琊琅琊女郎大道王孟陽三四月移鋪逐陰涼或又有云盛冬十一月就女覓東漿

客行依主人願得主人彊猛虎依深山願得松柏長

懀馬高纒鬃遥知身是龍誰能騎此馬唯有廣平公晉書載記廣平公姚弼興之子泓之弟也

鉅鹿公主歌辭

唐書樂志曰梁有鉅鹿公主歌似是姚萇時歌其詞華音與北歌不同三曲曲四解

官家出遊雷大鼓細乘犢車開後戶

車前女子年十五手彈琵琶玉節舞

鉅鹿公主殷照女皇帝陛下萬幾主

紫騮馬歌辭 吳兢曰此詩晉宋入樂奏之首增四句名紫騮馬十五從軍征以下是古詩六曲曲四解

燒火燒野田野鴨飛上天童男娶寡婦壯女笑殺人
高高山頭樹風吹葉落去一去數千里何當還故處
十五從軍征八十始得歸道逢鄉里人家中有阿誰
遙看是君家松柏冢纍纍兎從狗竇入雉從梁上飛
中庭生旅穀井上生旅葵舂穀持作飯採葵持作羹
羹飯一時熟不知飴阿誰出門東向看淚落沾我衣

紫騮馬歌 古今樂錄曰與前曲不同

獨柯不成樹獨樹不成林念郎錦裲襠恒長不忘心

黃淡思歌辭 古今樂錄曰思音相思之思按李延年造橫吹曲二十八解有黃覃子不知與此同否四曲曲四解

歸歸黃淡思逐郎還去來歸歸黃淡百逐郎何處索

心中不能言復作車輪旋與郎相知時但恐傷人聞

江外何鬱拂龍洲廣州出象牙作帆檣綠絲作幃繂

綠絲何葳蕤逐郎歸去來

地驅樂歌辭 古今樂錄曰側側力力以下八句是今歌有此曲四曲曲四解

青青黃黃雀石頹唐槌殺野牛押殺野羊

驅羊入谷自羊在前老女不嫁蹋地喚天

側側力力念君無極枕郎左臂隨郎轉側

摩捋郎鬚看郎顏色郎不念女不可與力或云各自努力

地驅樂歌古今樂錄曰與前曲不同

月明光光星欲墮欲來不來早語我

雀勞利歌辭一曲四解

雨雪霏霏雀勞利長觜飽滿短觜饑

慕容垂歌辭晉書載記曰慕容本名𩨸尋以讖記乃去夬以垂爲名慕容雋僭號封垂爲吳王徙鎮信都太元八年自稱燕王三曲四解

慕容攀墻視吳軍無邊岸我身分自當枉殺墻外漢

慕容愁憤憤燒香作佛會願作墻裏燕高飛出墻外

慕容出墻望吳軍無邊岸咄我臣諸佐此事可惋歎

隴頭流水歌辭古今樂錄曰樂府有此歌曲解多於此按漢橫吹曲有隴頭而亡其辭三曲曲四解

隴頭流水流離西下念吾一身飄然曠野

西上隴阪羊腸九回山高谷深不覺脚酸

手攀弱枝足踰弱泥

隴頭歌辭

隴頭流水流離山下念吾一身飄然曠野

朝發欣城暮宿隴頭寒不能語舌卷入喉

隴頭流水鳴聲幽咽遥看秦川心肝斷絶

隔谷歌 古今樂錄曰前云無辭樂工有辭如此

兄在城中弟在外弓無弦箭無括食糧乏盡若爲活救我來救我來

隔谷歌 郭本别列在後今從左本附此 古辭

兄爲俘虜受困辱骨露力疲食不足弟爲官吏馬食粟何惜錢刀來我贖

淳于王歌

肅肅河中育育熟須含黄獨坐空房中思我百媚郎

百媚在城中千媚在中央但使心相念高城何所妨

東平劉生歌

東平劉生安東子樹木稀屋裏無人看阿誰

捉搦歌 四曲

粟穀難春付石臼弊衣難護付巧婦男兒千凶飽人手
老女不嫁只生口

誰家女子能行步反著裌禪後裙露天生男女共一處
願得兩箇成翁嫗

華陰山頭百丈井下有流水徹骨冷可憐女子能照影
不見其餘見斜領

黃桑柘屐蒲子履中央有系兩頭繫小時憐母大憐婿
何不早嫁論家計 系一作絲

折楊柳歌辭瑟[illegible]調有折楊柳行左克明云舊本五解併後又有三解非也乃別曲耳

上馬不捉鞭反折楊柳枝蹀座吹長笛愁殺行客兒

腹中愁不樂願作郎馬鞭出入擐郎臂蹀座郎膝邊

放馬兩泉澤忘不著連羈擔鞍逐馬走何得見馬騎

遙看孟津河楊柳鬱婆娑我是虜家兒不解漢兒歌

健兒須快馬快馬須健兒跳跋黃塵下然後別雄雌

折楊柳枝歌郭本別列在後四曲四解

上馬不捉鞭反拗楊柳枝下馬吹長笛愁殺行客兒

門前一株棗歲歲不知老阿婆不嫁女那得孫兒抱

敕敕何力力女子臨牕織不聞機杼聲唯聞女歎息此與

問女何所思問女何所憶阿婆許嫁女今年無消息下問女二句木蘭詩中語

幽州馬客吟歌辭五曲曲四解

快馬常苦瘦勦兒常苦貧黃禾起羸馬有錢始作人

熒熒帳中燭燭滅不久停盛時不作樂春花不重生

南山自言高只與北山齊女兒自言好故入郎君懷

郎著紫袴褶女著綵裌裙男女共燕遊黃花生後園

黃花鬱金色綠蛇銜珠丹辭謝牀上女還我十指環

慕容家自魯企由谷歌一曲四解

郎在千重樓女在九重閣郎非黃鷂子那得雲中雀

高陽樂人歌　古今樂錄曰魏高陽王樂人所作也又有白鼻騧出此二曲曲四解

可憐白鼻騧相將入酒家無錢但共飲畫地作交賒

何處蹀⿰舟昜來兩頰色如火自有桃花容莫言人勸我

白鼻騧　　後魏温子昇

少年多好事攬轡向西都相逢狹斜路駐馬詣當壚

雍臺　　梁武帝

日落登雍臺佳人殊未來綺窻蓮花掩網戶琉璃開芊葺臨紫桂蔓延交青苔月殁光陰盡望子獨悠哉

同前　　吳均

雍臺十二樓樓樓鬱相望隴西飛狐口白日盡無光

木蘭詩

二首古今樂錄曰木蘭不知名詐作男子代父征行其辭最苦言萬里赴戎機關山度若飛相和曲有度關山類此浙江西道觀察使兼御史中丞韋元甫續附入

唧唧復唧唧木蘭當戶織不聞機杼聲唯聞女歎息問女何所思問女何所憶女亦無所思女亦無所憶昨夜見軍帖可汗大點兵軍書十二卷卷卷有爺名阿爺無大兒木蘭無長兄願爲市鞍馬從此替爺征東市買駿馬西市買鞍韉南市買轡頭北市買長鞭旦辭爺孃去暮宿黃河邊不聞爺孃喚女聲但聞黃河流水鳴濺濺旦辭黃河去暮至黑山頭不聞爺孃喚女聲但聞燕山胡騎鳴啾啾萬里赴戎機關山度若飛朔氣傳金柝寒

光照鐵衣將軍百戰死壯士十年歸歸來見天子天子坐明堂策勳十二轉賞賜百千彊可汗問所欲木蘭不用尚書郎願馳千里足送兒還故鄉爺孃聞女來出郭相扶將阿姊聞妹來當戸理紅粧小弟聞姊來磨刀霍霍向猪羊開我東閣門坐我西閒牀脱我戰時袍著我舊時裳當牕理雲鬟挂鏡帖花黃出門看火伴火伴皆驚忙同行十二年不知木蘭是女郎雄兎脚撲朔雌兎眼迷離雙兎傍地走安能辨我是雄雌

唧唧復唧唧一作促織何唧唧 旦一作朝 至一作宿 賞賜一作賜物 可汗問所欲木蘭不用尚書郎一作欲與木蘭賞不願尚書郎願馳千里足 西陽雜俎云願借明駝千里足 阿姊聞妹來一作阿妹聞姊來 挂一作對 皆作始 朔作搓 迷作彌 雙作兩

木蘭抱杼嗟借問復爲誰欲聞所慽慽感激彊其顏老父隸兵籍氣力日衰耗豈足萬里行有子復尚少胡沙沒馬足朔風裂人膚老父舊羸病何以彊自扶木蘭代父去秣馬備戎行易却紈綺裳洗却鉛粉粧馳馬赴軍幕慷慨攜干將朝屯雪山下暮宿青海傍夜襲燕支虜更攜于闐羌將軍得勝歸士卒還故鄉父母見木蘭喜極成悲傷木蘭能承父母顏却卸巾鞲理絲簧昔爲烈士雄今復嬌子容親戚持酒賀父母始知生女與男同門前舊軍都十年共崎嶇本結兄弟交死戰誓不渝今也見木蘭言聲雖是顏貌殊驚愕不敢前歎重徒嘻吁

世有臣子心能如木蘭節忠孝兩不渝千古之名焉可滅
古文苑作唐人木蘭詩

橫吹曲　　陳江摠

簫聲鳳臺曲洞吹龍鐘管鏜鎝漁陽摻怨抑胡笳斷

古樂苑卷第十三終

古樂苑卷第十四

西吳 梅鼎祚 補正
東越 呂胤昌 校閱

相和歌辭

宋書樂志曰相和漢舊曲也絲竹更相和執節者歌本一部魏明帝分爲二更遞夜宿本十七曲朱生宋識列和等復合之爲十三曲其後晉荀勗又採舊辭施用於世謂之清商三調歌詩卽沈約所謂因絃管金石造歌以被之者也唐書樂志平調清調瑟調皆周房中曲之遺聲漢世謂之三調又有楚調側調楚調者漢之房中樂也側調者生於楚調與前三調摠謂之相和調晉書樂志凡樂章古辭存者並漢世街陌謳謠江南可採蓮烏生八九子白頭吟之屬其後漸被於絃管卽相和諸曲是也魏晉之世相承用之永嘉之亂中朝舊音散落江左後魏孝文宣武用師淮漢收其所獲南音

謂之清商樂相和諸曲亦皆在焉所謂清商正聲相和五調伎也凡諸調歌辭並以一章爲一解古今樂錄曰傖歌以一句爲一解中國以一章爲一解王僧虔啓云古曰章今曰解解有多少當是先詩而後聲詩叙事聲成文必使志盡於詩音盡於曲是以作詩有豐約制解有多少諸調曲皆有辭有聲而大曲又有豔有趨有亂辭者其歌詩也聲者若羊吾夷伊那何之類也豔在曲之前趨與亂在曲之後又大曲十五曲沈約並列於瑟調今依張永元嘉正聲技錄分於諸調別叙大曲於其後唯滿歌行一曲諸調不載故附見於大曲之下其曲調先後亦準技錄爲次

相和六引

古今樂錄曰張永技錄相和有四引一曰箜篌二曰商引三曰徵引四曰羽引箜篌引歌瑟調東阿王辭門有車馬客行置酒篇並晉宋齊奏之古有六引其宮引角引二曲闕宋爲箜篌引有辭三引有歌聲而辭不傳梁具五引有歌有辭凡相和其器有笙笛節歌琴瑟琵琶箏七種

箜篌引

一曰公無渡河崔豹古今注曰箜篌引者朝鮮津卒霍里子高妻麗玉所作也子高晨起刺船有一白首狂夫被髪提壺亂流而渡其妻隨而止之不及遂墜河而死於是援箜篌而歌聲甚悽愴曲終亦投河而死子高還以語麗玉麗玉傷之乃引箜篌而寫其聲聞者莫不墮淚飲泣麗玉以其曲傳鄰女麗容名曰箜篌引又有箜篌謠不詳所起大畧言結交當有終始與此異也

古辭

公無渡河公竟渡河墮河而死將奈公何

同前

古今樂錄曰王僧虔伎錄有野田黃雀行今不歌樂府解題曰晉樂奏東阿王置酒高殿上箜篌引亦用此曲集曰箜篌引植別有高樹多悲風海水揚其波一首疑此爲箜篌引郭本收作野田黃雀行然此辭意又與箜篌引無涉

魏陳思王植

置酒高殿上親交從我遊中厨辦豐膳烹羊宰肥牛秦箏何慷慨齊瑟和且柔一解陽阿奏奇舞京洛出名謳樂飲過三爵緩帶傾庶羞主稱千金壽賓奉萬年酬二解久要不可忘薄終義所尤謙謙君子德馨折欲何求盛時不再來百年忽我遒三解驚風飄白日光景馳西流生存華屋處零落歸山丘先民誰不死知命復何憂四解右一曲

晉樂所奏　交一作友

置酒高殿上親交從我遊中厨辦豐膳烹羊宰肥牛秦箏何慷慨齊瑟和且柔陽阿奏奇舞京洛出名謳樂飲過三爵緩帶傾庶羞主稱千金壽賓奉萬年酬久要不

可忘薄終義所尤謙謙君子德磬折欲何求驚風飄白
日光景馳西流盛時不可再百年忽我遒生存華屋處
零落歸山丘先民誰不死知命亦何憂右一曲本辭

公無渡河　　梁劉孝威

請公無渡河河廣風威厲檣偃落金烏舟傾沒犀枻紺
蓋空嚴祀白馬徒牲祭銜石傷寡心崩城掩孀袂劒飛
猶共水魂沈理俱逝君爲川后臣妾作姜妃娣

同前　　陳張正見

金堤分錦纜白馬渡蓮舟風嚴歌響絶浪湧榜人愁櫂
折桃花水帆橫竹箭流何言沈璧處千載偶陽侯

置酒高殿上　陳張正見

陳王開甲第粉壁麗椒塗高牕侍玉女飛闥敞金鋪名香散綺幕石墨彫金鑪清醪稱玉饋浮蟻擅蒼梧鄒嚴恒接武申白日相趨容與升階玉差池曳履珠千金一巧笑百萬兩鬟姝趙姬未鼓瑟齊客罷吹竽歌喧桃與李琴挑鳳將雛魏君慙舉白晉主媿投壺風雲更代序人事有榮枯長卿病消渴壁立還成都墨一作研

同前　江揔

三清傳旨酒柏梁奉歡宴霜雲動玉葉凍水踈金箭羽籥響鍾石流泉灌金殿盛時不再得光景馳如電

箜篌謡 樂府無名氏次劉孝威後置襍歌中

結交在相得骨肉何必親甘言無忠實世薄多蘇秦從風暫靡草富貴上昇天不見山巔樹摧抏下爲薪豈甘井中泥上上出作埃塵一云時至出作塵

五引

晉書樂志曰五聲宮爲君宮之爲言中也中和之道無往而不理焉商爲臣商之爲言彊也謂金性之堅彊也角爲民角之爲言觸也謂象諸陽氣觸物而生也徵爲事徵之爲言止也言物盛則止也羽爲物羽之爲言舒也言陽氣將復萬物孳育而舒生也是以聞宮聲使人温良而寬大聞商聲使人方廉而好義聞角聲使人惻隱而仁愛聞徵聲使人樂養而好施聞羽聲使人恭儉而好禮隋書樂志曰舊三朝設樂有登歌以其頌祖宗之功烈非君臣之所獻也於是

去之三朝第一奏相和五引陳氏因馬隋文帝開皇中改五引爲五音唯迎氣於五郊降神奏之月令所謂孟春其音角也按古有清角清徵之流此則當聲爲曲郎五音是也唐書樂志曰五郊迎氣各以月律而奏其音蓋因隋舊制云按此本梁三朝雅樂而郭氏併箜篌引載爲相和六引今從之隋書載約辭以角徵宮商羽爲次

宮引

梁沈約

八音資始君五聲與此和樂感百精優游律呂被咸英

同前

蕭子雲

隋書樂志曰普通中薦蔬以後使勅蕭子雲改諸歌辭爲相和引則係五音宮商角徵羽爲第次非隨月次也

宅中爲君聲之始氣和而應律生子四宮旣作陰陽理

商引

沈約

司秋紀兑奏西音激揚鍾石和瑟琴風流福被樂愔愔

同前　　蕭子雲

君臣數九發涼風三絃夷則白藏通亥諧候管和六同

角引　　沈約

萌生觸發歲在春咸池始奏德尚仁怗懘以息和且均

同前　　蕭子雲

蟄蟲始振音在斯五聲六律旋相爲韶繼夏盡備咸池

徵引　　沈約

執衡司事宅離方滔滔夏日火德昌八音備舉樂無疆

同前　　蕭子雲

朱明在離日長至候氣而動徵爲事六樂成文從之備

羽引　　沈約

玄英紀運冬冰折物爲音本和且悅窮高測深長無絶

同前　　蕭子雲

其音爲物登玄英制畱循短位濁清惟皇創則和且平

相和曲一

古今樂錄曰張永元嘉技錄相和有十五曲一曰氣出唱二曰精列三曰江南四曰度關山五曰東光六曰十五七曰薤露八曰蒿里九曰覲歌十曰對酒十一曰雞鳴十二曰烏生十三曰平陵東十四曰東門十五曰陌上桑氣出唱精列度關山薤露蒿里對酒並魏武帝辭十五文帝辭江南東光雞鳴烏生平陵東陌上桑並古辭是也覲歌東門皆無其辭陌上桑歌瑟調古

辭豔歌羅敷行日出東南隅篇覲歌張錄云無辭而武帝有往古篇東門張錄云無辭而武帝有陽春篇或云歌瑟調古辭東門行入門悵欲悲也古有十七曲其武陵鵾雞二曲亡按宋書樂志陌上桑又有文帝棄故鄉一曲亦在瑟調東西門行及楚辭鈔今有人武帝駕虹蜺二曲皆張錄所不載

氣出唱 三首

魏武帝

駕六龍乘風而行行四海外路下之八邦歷登高山臨谿谷乘雲而行行四海外東到泰山仙人玉女下來翔遊驂駕六龍飲玉漿河水盡不東流解愁腹飲玉漿奉持行東到蓬萊山上至天之門玉闕下引見得入赤松相對四面顧望視正焜煌開王心正興其氣百道至傳

告無窮閉其口但當愛氣壽萬年東到海與天連神仙之道出窈入冥常當專之心恬淡無所愒欲閉門坐自守天與期氣願得神之人乘駕雲車驂駕白鹿上到天之門來賜神之藥跪受之敬神齊當如此道自來闕一作闢

華陰山自以為大高百丈浮雲為之蓋仙人欲來出隨風列之雨吹我洞簫鼓瑟琴何誾誾酒與歌戲今日相樂誠為樂玉女起起儛移數時鼓吹一何嘈嘈從西北來時仙道多駕烟乘雲駕龍鬱何務務遨遊八極乃到崑崙之山西王母側神仙金止玉亭來者為誰赤松王喬乃德旋之門樂共飲食到黃昏多駕合坐萬歲長宜

子孫

遊君山甚爲眞確磈砟硌爾自爲神乃到王母臺金階玉爲堂芝之草生殿旁東西廂客滿堂主人當行觴坐者長壽遽何央長樂甫始宜孫子常願主人增年與天相守

右三曲魏晉樂所奏前曲翔一作遨焜煌一作惶惶

精列　魏武帝

厥初生造化之陶物莫不有終期莫不有終期聖賢不能免何爲懷此憂願螭龍之駕思想崑崙居思想崑崙居見欺於迂怪志意在蓬萊志意在蓬萊周孔聖徂落會稽以墳丘會稽以墳丘陶陶誰能度君子以弗憂年

之暮奈何過時時來微右一曲魏晉樂所奏過時一作時過

江南樂府解題曰江南古辭盖美芳晨麗景嬉遊得時也梁武帝作江南弄以代西曲又有採蓮採菱劉緩江南可採蓮皆出於此　古辭

江南可採蓮蓮葉何田田魚戲蓮葉間魚戲蓮葉東魚戲蓮葉西魚戲蓮葉南魚戲蓮葉北右一曲魏晉樂所奏

江南思　宋湯惠休

幽客海陰路留戍淮陽津垂情向春草知是故鄉人

同前二首後首文苑英華作江南行　梁簡文帝

江南有妙伎時則應璿樞月暈蘆灰缺秋還懸炭枯含丹和九轉芳樹蔭千株何辭天后詔終是到僊都千一作三

到一作列

桂檝晚應旋歷岸扣輕舷紫荷擎釣鯉銀筐插短蓮人歸浦口暗那得久回船銀一作銅

江南曲　梁柳惲

汀洲採白蘋日落江南春洞庭有歸客瀟湘逢故人故人何不返春華復應晚不道新知樂只言行路遠應一作將

同前　沈約

櫂歌發江潭采蓮渡湘南宜須閑隱處舟浦予自謂羅衣織成帶墮馬碧玉篸但令舟檝渡寧計路嵌嵌一作嶄嵌

江南可採蓮　梁劉緩

春初北岸涸夏月南湖通卷荷舒欲倚芙蓉生即紅檝
小宜囘遥船輕好入叢釵光逐影亂衣香隨遞風江南
少許地年年情不窮

度關山

樂府解題曰魏樂奏武帝辭言人君當自勤苦省方黜陟省刑薄賦也

魏武帝

天地間人爲貴立君牧民爲之軌則車轍馬迹經緯四
極黜陟幽明黎庶繁息於鑠賢聖揔統邦域封建五爵
井田刑獄有燔丹書無普赦贖皐陶甫侯何有失職嗟
哉後世改制易律勞民爲君役賦其力舜漆食器畔者
十國不及唐堯采椽不斲世歎伯夷欲以厲俗侈惡之

大儉爲共德許由推讓豈有訟曲兼愛尚同疏者爲戚

右一曲魏晉樂所奏矦宋書作刑

同前　梁簡文帝

關山遠可度遠度復難思直指遮歸道都護揔前期力農爭地利轉戰逐天時材官蹶張皆命中弘農越騎盡搴旗搴旗遠不息驅虜何窮極狼居一封難再覩閼氏永去無容色銳氣且橫行朱旗亂日精先屠光祿塞却破夫人城凱還歸舊里非是衒功名

同前　戴暠

昔聽隴頭吟平居已流涕今上關山望長安樹如薺千

里非鄉邑百姓爲兄弟軍中大體自相褒其間得意各分曹博陵輕俠皆無位幽州重氣本多豪馬銜苜蓿葉劒瑩鸊鵜膏初征心未息復値鴈飛入山頭看月近草上知風急笛喝曲難成笳繁響還澀武帝初承平東伐復西征薊門海作壍榆塞氷爲城催令四校出倚望三邊平箭服朝來動刀環臨陣鳴將軍一百戰都護五千兵且決雄雌眼前利誰道功名身後事丈夫意氣本自然來時辭第已聞天但令此身與命在不持烽火照甘泉

同前　柳惲

長安倡家女出入燕南垂唯持德自美本以容見知舊聞關山遠何事總金羈妾心日已亂秋風鳴細枝長安一作少長

同前　劉遵

隴樹寒色落塞雲朝欲開谷深聲易響路狹幰難回當知結綬去非是棄繻來行人思顧返道別且徘徊願度關山鶴勞歌立可哀

同前　王訓

邊庭多警急羽檄未曾閒從軍出隴阪驅馬度關山關山恒晻靄高峰白雲外遥望秦川水千里長如帶好勇

自秦中意氣本豪雄少年便習戰十四已從戎昔年經上郡今歲出雲中遼水深難渡榆關斷未通折衝凌絕域流蓬驚未息胡風朝夜起平沙不相識兵法賓先聲軍中自有程逗遛難贖罪先登盡一城都護疲詔吏將軍擅發兵平盧疑縱火飛鴟畏犯營輕重一爲虜金刀何用盟誰知出塞外獨有漢飛名衝一作衡難一作皆

同前　陳張正見

關山度曉月劒客遠從征雲中出迥陣天外落奇兵輪摧偃去節樹倒礙懸旌沙揚折坂暗雲積榆溪明馬倦時銜草人疲屢看城寒隴胡笳澀空林漢鼓鳴還聽鳴

咽水併切斷腸聲

同前 集題云關山篇 周王褒

從軍出隴坂驅馬度關山關山恒晻藹高峰白雲外遥望秦川水千里長如帶好勇自秦中意氣多豪雄少年便習戰十四已從戎遼水深難度榆關尚未通

東光 古今樂錄曰張永元嘉技錄云東光舊但弦無音宋識造其歌聲

古辭

東光平蒼梧何不平倉梧多腐粟無益諸軍糧諸軍遊蕩子早行多悲傷 平書作乎平糧叶韻疑平是右一曲魏晉樂所奏

十五 古今樂錄曰十五歌文帝辭後解歌瑟調西山一何高

魏文帝

登山而遠望谿谷多所有楩柟千餘尺衆草芝盛茂華葉燿人目五色難可紀雉雊山雞鳴虎嘯谷風起號羆當我道狂顧動牙齒右一曲魏晉樂所奏

薤露

崔豹古今注曰薤露蒿里並喪歌也本出田橫門人橫自殺門人傷之爲作悲歌言人命奄忽如薤上之露易晞滅也亦謂人死魂魄歸於蒿里至漢武帝時李延年分爲二曲薤露送王公貴人蒿里送士大夫庶人使挽柩者歌之亦謂之挽歌譙周法訓曰挽歌者漢高帝召田橫至尸鄉自殺從者不敢哭而不勝哀故爲挽歌以寄哀音樂府解題曰左傳齊將與吳戰於艾陵公孫夏命其徒歌虞殯杜預云送死薤露歌即喪歌不自田橫始也一曰泰山吟行

古辭

薤上露何易晞露晞明朝更復落人死一去何時歸

同前　魏武帝

惟漢二十二世所任誠不良沐猴而冠帶知小而謀彊猶豫不敢斷因狩執君王白虹爲貫日己亦先受殃賊臣執國柄殺主滅宇京蕩覆帝基業宗廟以燔喪播越西遷移號泣而且行瞻彼洛城郭微子爲哀傷右一曲魏晉樂所奏

同前樂府解題曰曹植擬薤露行爲天地無窮極　陳思王植

天地無窮極陰陽轉相因人居一世間忽若風吹塵願得展功勤輸力於明君懷此王佐才慷慨獨不羣鱗介

尊龍神走獸宗麒麟蟲獸豈知德何況於士人孔氏刪詩書王業粲已分騁我徑寸翰流藻垂華芬

同前　　晉張駿

在晉之二世皇道昧不明主暗無良臣姦亂起朝庭七柄失其所權綱喪典刑愚猾窺神器牝雞又晨鳴哲婦逞幽虐宗祀一朝傾儲君縊新昌帝執金墉城禍釁萌宮掖胡馬動北坰三方風塵起玁狁竊上京義士扼素腕感慨懷憤盈誓心蕩衆狄積誠徹昊靈姦一作艱

惟漢行　　魏陳思王植

太極定二儀清濁始以形三光炤八極天道甚著明爲

人立君長欲以遂其生行仁章以瑞變故誡驕盈神高而聽卑報若響應聲明主敬細微三季嘗天經二皇稱至化盛哉唐虞庭禹湯繼厥德周亦致太平在昔懷帝時日昃不敢寧濟濟在公朝萬載馳其名

同前　晉傅玄

危哉鴻門會沛公幾不還輕裝入人軍投身湯火間兩雄不俱立亞父見此權項莊奮劒起白刃何翩翩伯身雖爲蔽事促不及旋張良慴坐側高祖變龍顏賴得樊將軍虎叱項王前嗔目駭三軍磨牙咀豚肩空卮讓霸主瞼急吐奇言威凌萬乘主指顧回泰山神龍困鼎鑊

非儈豈得全狗屠登上將功業信不原健兒實可慕腐儒安足歎虎一作獸

蒿里　古辭

蒿里誰家地聚歛魂魄無賢愚鬼伯一何相催促人命不得少踟躕

同前　魏武帝

關東有義士興兵討羣兇初期會盟津乃心在咸陽軍合力不齊躊躇而鴈行勢利使人爭嗣還自相戕淮南弟稱號刻璽於北方鎧甲生蟣虱萬姓以死亡白骨露於野千里無雞鳴生民百遺一念之斷人腸右一曲魏晉樂所奏

同前　宋鮑照

同盡無貴賤殊願有窮伸馳波催永夜零露逼短晨結我幽山駕去此滿堂親虛容遺劒佩美貌戢衣巾斗酒安可酌尺書誰復陳年代稍推遠懷抱日幽淪人生良自劇天道與何人齎我長恨意歸爲狐兎塵馳波催永夜一作漏馳催永夜零露逼短晨一作露宿逼短晨結集作驅美一作嘉又作實

挽歌

莊子曰紼謳所生必於斥苦司馬彪注云紼引柩索也斥疎緩苦用力也引紼所有謳者爲人用力慢緩不齊促急之也風俗通曰京師殯婚嘉會酒酣之後續以挽歌干寶搜神記曰挽歌者喪家之樂執紼者相和之聲也晉書禮志曰漢魏故事大喪及大臣之喪執紼者挽歌新禮以爲挽歌出於漢武帝役人之勞歌聲哀切遂以爲送終之禮雖音

曲摧愴非經典所制違禮銜枚之義方在號慕不宜以歌爲名除挽歌摯虞以爲挽歌因倡和而爲摧愴之聲銜枚所以全哀此亦以感衆雖非經典所載是歷代故事詩稱君子作歌惟以告哀以歌爲名無所嫌宜定新禮如舊今按薤露蒿里之後而以挽歌爲辭者實始繆襲

魏繆襲

生時遊國都死沒棄中野朝發高堂上暮宿黃泉下白日入虞淵懸車息駟馬造化雖神明安能復存我形容稍歇滅齒髮行當墮自古皆有然誰能離此者

同前三首顏氏家訓曰輓歌辭者或云古者虞殯之歌或云出自田橫之客皆爲生者悼往哀若之意陸平原多爲死人自歎之言詩格既無此例又乖製作本意

晉陸機

卜擇考休貞嘉命咸在兹夙駕警徒御結轡頓重基龍
㡆被廣柳前驅矯輕旗殯宮何嘈嘈哀響沸中闈闈中
且勿喧聽我薤露詩死生各異倫祖載當有時舍爵兩
楹位啓殯進靈轜飲餞觴莫舉出宿歸無期帷袵曠遺
影棟宇與子辭周親咸奔湊友朋自遠來翼翼飛輕軒
駸駸策素騏按轡遵長薄送子長夜臺呼子子不聞泣
子子不知歎息重欷側念我疇昔時三秋猶足收萬世
安可思殉殁身易亾救子非所能含言哽咽揮涕涕
流離喧一作嚾涕一作淚
流離親友思惆悵神不泰素驂佇轜軒玄駟騖飛蓋哀

嗚輿殯宮廻遲悲野外魂輿寂無響但見冠與帶備物象平生長旌誰爲旆悲風鼓行軌傾雲結流靄振策指靈丘駕言從此逝（鼓一作徽）

重阜何崔嵬玄廬竄其間磅礴立四極穹崇效蒼天側聽陰溝涌臥觀天井懸廣宵何寥廓大暮安可晨人往有返歲我行無歸年昔居四民宅今託萬鬼鄰昔爲七尺軀今成灰與塵金玉昔所佩鴻毛今不振豐肌饗螻蟻妍姿永夷泯壽堂延魑魅虛無自相賓螻蟻爾何怨魑魅我何親拊心痛荼毒永歎莫爲陳（效一作放　昔一作素　姿一作骸）

又（諸集不載見太平御覽）

魂衣何盈盈旟旐何習習父母拊棺號兄弟扶筵泣靈
轜動轇轕龍首矯崔嵬挽歌挾轂唱嘈嘈一何悲浮雲
中容與飄風不能迴淵魚仰失梁征鳥俯墜飛 熙四 機 十七 庾挽
歌辭云蜒埴爲塗車束薪作芻靈

同前 集云擬挽歌辭三首 晉陶潛

荒草何茫茫白楊亦蕭蕭嚴霜九月中送我出遠郊四
面無人居高墳正嶕嶢馬爲仰天鳴林風自蕭條幽室
一已閉千年不復朝千年不復朝賢達無奈何向來相
送人各已歸其家親戚或餘悲他人亦已歌死去何所
道託體同山阿 馬爲仰天鳴一作鳥爲動哀鳴林風一作風聲又作風爲已歸一作自還

有生必有死早終非命促昨暮同爲人今旦在鬼錄魂氣散何之枯形寄空木嬌兒索父啼良友拊我哭得失不復知是非安能覺千秋萬歲後誰知榮與辱但恨在世時飲酒恒不足一作不得足

在昔無酒飲今但湛空觴春醪生浮蟻何時更能嘗肴案列我前親戚哭我傍欲語口無音欲視眼無光昔在高堂寢今宿荒草鄉荒草無人眠極視正茫茫一朝出門去歸來良未央今但湛空觴一作但恨堪空觴列我前一作盈我前一朝一作相送良一作夜

同前謝綽拾遺錄曰太祖嘗召延之傳詔頻日尋覓不值太祖曰但酒店中求之自當得

也傳詔依青訪覓果見延之在酒肆
裸身挽歌了不應對他日醉醒乃往

宋顔延之

令龜■明兆撤奠在方昏戒徒赴幽冥祖駕出高門行

行去城邑遥遥守丘園息鑣竟平隧稅駕别巖根 闕

同前　宋鮑照

獨處重冥下憶昔登高臺傲岸平生中不爲物所裁埏

門只復閉白蟻相將來生時芳蘭體小蟲今爲灾玄鬢

無復根枯髏依青苔憶昔好飲酒素盤進青梅韓彭及

廉藺疇昔已成灰壯士皆死盡餘人安在哉

同前　北齊祖珽

昔日驅駟馬謁帝長楊宮旌懸白雲外騎獵紅塵中今來向漳浦素蓋轉悲風榮華與歌笑萬事盡成空日一作時

對酒樂府解題曰魏樂奏武帝所賦對酒歌太平其辭言王者德澤廣被政理人和萬物咸遂　魏武帝

對酒歌太平時吏不呼門王者賢且明宰相股肱皆忠良咸禮讓民無所爭訟三年耕有九年儲倉穀滿盈斑白不負戴雨澤如此五穀用成却走馬以糞其土田爵公侯伯子男咸愛其民以黜陟幽明子養有若父與兄犯禮法輕重隨其刑路無拾遺之私囹圄空虛冬節不斷人耄耋皆得以壽終恩德廣及草木昆蟲右一曲魏樂所奏

同前 題云當對酒　　梁范雲

對酒心自足故人來共持方悅羅衿解誰念髮成絲徊徃良爲達求名本自欺追君當歌日及我傾樽時

同前　　張率

對酒誠可樂此酒復芳醇如華良可貴似乳更甘珍何當留上客爲寄掌中人金樽清復滿玉椀亟來親誰能共遲暮對酒惜芳晨君歌尚未罷却坐避梁塵

同前　　陳張正見

當歌對玉酒匡坐酌金罍竹葉三清泛蒲萄百味開風移蘭氣入月逐桂香來獨有劉將阮忘情寄羽杯

同前　　岑之敬

色映臨池竹香浮滿砌蘭舒文泛玉盌漾蟻溢金盤簫曲隨鸞易箛聲出塞難唯有將軍酒川上可除寒

同前 集云對酒歌文苑英華作范雲　　周庾信

春水望桃花春洲藉芳杜琴從綠珠借酒就文君取牽馬向渭橋日曝山頭脯山簡接䍠倒王戎如意舞箏鳴金谷園笛韻平陽塢人生一百年歡笑唯三五何處覓錢刀求爲洛陽賈 馬一作牛曝一作落

古樂苑卷第十四 終

古樂苑卷第十五

西吳　梅鼎祚　補正
東越　呂胤昌　校閱

相和歌辭 相和曲 四弦曲 吟歎曲

相和曲 二

雞鳴 樂府解題曰古詞雞鳴初言天下方太平次言置酒作樂終言桃傷李仆喻兄弟當相爲表裏三人近侍榮耀道路與相逢狹路閒行同詩紀云此詩前後辭不相屬蓋采詩入樂合而成章邪抑有錯簡紊誤也又有雞鳴高樹巔出此

古辭

雞鳴高樹巔狗吠深宮中蕩子何所之天下方太平刑

法非有貸柔協正亂名（此上疑別一曲）黃金爲君門碧玉爲軒堂上有雙樽酒作使邯鄲倡劉玉碧青甓後出郭門王舍後有方池池中雙鴛鴦鴛鴦七十二羅列自成行鳴聲何啾啾聞我殿東廂兄弟四五人皆爲侍中郎五日一時來觀者滿路傍黃金絡馬頭熲熲何煌煌桃生露井上李樹生桃傍蟲來齧桃根李樹代桃殭樹木身相代兄弟還相忘（右一曲魏樂所奏）

雞鳴篇（郭左並作劉孝威 藝文作簡文帝）　劉孝威

塒雞識將曙長鳴高樹巔啄葉疑障羽桃花殭欲前意氣多驚舉飄颻獨無侶陳思助鬭協狸膏郈昭妬　敵

安金距丹山可愛有鳳皇金門飛舞有鴛鴦何如五德美豈勝千里翔

同前　　隋岑德潤

鐘響應繁霜晨雞錦臆張簾逈猶侵露枝高巳映光排空下朝揭奮翼上花場雨晦思君子關開脫孟嘗旣得依雲外安用集陳倉

雞鳴高樹巔　　梁簡文帝

碧玉好名倡夫婿侍中郎桃花全覆井金門半隱堂時欣一來下復比雙鴛鴦雞鳴天尚早東烏定未光

晨雞高樹鳴　詩紀云阮籍詠懷詩晨雞鳴高樹命駕起旋歸則此非樂府也

解題亦云出雞鳴古辭似誤　陳張正見

晨雞振翮鳴出迴擅奇聲蜀郡隨金馬天津應玉衡摧冠驗遠石爨火出連營爭棲斜揭暮解翼橫飛度試飲淮南藥翻上仙都樹枝低且候潮葉淺還承露承露觸巖霜華淺伺朝陽猜羣怯寳劒勇戰出花塲當損黃金距誰論白玉璫長鳴逢晉帝恃氣遇周王流名説魯國分影入陳倉不復愁苻朗猶能感孟嘗

烏生

一曰烏生八九子樂府解題曰古辭言烏母子本在南山巖石間而來爲秦氏彈丸所殺白鹿在苑中人得以爲脯黃鵠摩天鯉在深淵人得而烹煑之則壽命各有定分死生何待前後也

古辭

烏生八九子端坐秦氏桂樹間唶我秦氏家有遊遨蕩子工用睢陽彊蘇合彈左手持彊彈兩丸出入烏東西唶我一丸即發中烏身烏死魂魄飛揚上天阿母生烏子時乃在南山巖石間唶我人民安知烏子處蹊徑窈窕安從通白鹿乃在上林西苑中射工尚復得白鹿脯唶我黃鵠摩天極高飛後宮尚復得烹煑之鯉魚乃在洛水深淵中釣鈎尚得鯉魚口唶我人民生各各有壽命死生何須復道前後右一曲魏晉樂所奏

烏生八九子城上烏出此　梁劉孝威

城上烏一年生九雛枝輕巢本狹風多葉早枯氄毛不

自煖張翼强相呼金柝嚴令翠樓肅層壁光今椒泥馥
虞機衡網不得施猜鷹鷙隼無由逐永願共栖曾氏冠
同瑞周王屋莫啼城上寒猶賢野閒宿羽成翮備各西
東丁年賦命有窮通不見高飛帝輦側遠託日輪中尚
逢王吉箭猶嬰夏羿弓豈如變彩救燕質入夢祚昭公
留聲表師退集幕示營空靈臺已鑄像流蘇時候風

城上烏　梁吳均

嗚嗚城上烏翩翩尾畢逋凡生八九子夜夜啼相呼質
微知慮少體賤毛衣麁陛下三萬歲臣至執金吾

同前　朱超

朝飛集帝城猶帶夜啼聲近日毛雖暖聞弦心尚驚

平陵東 崔豹古今注曰平陵東漢翟義門人所作樂府解題曰義丞相方進少子爲東郡太守以王莽方簒漢舉兵誅之不克見害門人作歌以怨之也

古辭

平陵東松柏桐不知何人刦義公刦義公在高堂下交錢百萬兩走馬兩走馬亦誠難顧見追吏心中惻心中惻血出漉歸告我家賣黃犢 右一曲魏晉樂所奏

同前 魏陳思王植

閶闔開天衢通被我羽衣乘飛龍乘飛龍與仙期東上蓬萊採靈芝靈芝採之可服食年若王父無終極 若一作與

陌上桑

一曰豔歌羅敷行古今樂錄曰陌上桑歌瑟調古辭豔歌羅敷行日出東南隅篇崔豹古今注曰陌上桑者出秦氏女子秦氏邯鄲人有女名羅敷爲邑人千乘王仁妻王仁後爲趙王家令羅敷出採桑於陌上趙王登臺見而悅之因置酒欲奪焉羅敷乃彈箏作陌上桑之歌以自明趙王乃止樂府解題古詞言羅敷採桑爲使君所邀盛誇其夫爲侍中郎以拒之與前說不同又有採桑亦出於此

古辭

日出東南隅照我秦氏樓秦氏有好女自名爲羅敷羅敷憙蠶桑採桑城南隅青絲爲籠係桂枝爲籠鉤頭上倭墮髻耳中明月珠緗綺爲下裙紫綺爲上襦行者見羅敷下擔捋髭鬚少年見羅敷脫帽著帩頭耕者忘其犂鋤者忘其鋤來歸相怨怒但坐觀羅敷一解使君從南

來五馬立踟躕使君遣吏往問是誰家姝秦氏有好女自名爲羅敷羅敷年幾何二十尚不足十五頗有餘使君謝羅敷寧可共載不羅敷前置辭使君一何愚使君自有婦羅敷自有夫（二解）東方千餘騎夫婿居上頭何用識夫婿白馬從驪駒青絲繫馬尾黃金絡馬頭腰中鹿盧劍可直千萬餘十五府小史二十朝大夫三十侍中郎四十專城居爲人潔白皙鬑鬑頗有鬚盈盈公府步冉冉府中趨坐中數千人皆言夫婿殊（三解前有豔歌曲後有辭）

（右一曲魏晉樂所奏宋書作大曲）

同前　　楚辭鈔

今有人山之阿被服薜荔帶女蘿既含睇又宜笑子戀慕予善窈窕乘赤豹從文狸辛夷車駕結桂旗被石蘭帶杜衡折芳拔荃遺所思處幽室終不見天路險艱獨後來表獨立山之上雲何容容而在下杳冥冥羌晝晦東風飄颻神靈雨風瑟瑟木椱椱思念公子徒以憂 右一曲魏晉樂所奏

同前　魏武帝

駕虹蜺乘赤雲登彼九疑歷玉門濟天漢至崑崙見西王母謁東君交赤松及羨門受要祕道愛精神食芝英飲醴泉柱杖桂枝佩秋蘭絕人事遊渾元若疾風遊欻

飄颻景未移行數千壽如南山不忘愆飄一作翩右一曲晉樂所奏

同前　魏文帝

棄故鄉離室宅遠從軍旅萬里客披荆棘求阡陌側足獨窘步路局苲虎豹嘷動雞驚禽失羣鳴相索登南山奈何蹈盤石樹木叢生鬱差錯寢蒿草蔭松栢涕泣雨面霑枕席伴旅單稍稍日零落惆悵竊自憐相痛惜右一曲魏晉樂所奏

同前見太平御覽　陳思王植

望雲際有真人安得輕舉繼清塵執電鞭騁飛麟闕

同前　梁吴均

嫋嫋陌上桑蔭陌復垂塘長條映白日細葉隱鸝黃蠶饑妾復思拭淚且提筐故人寧知此離恨煎人腸

同前 一作周王褒　　王筠

人言陌上桑未曉已含光重重相蔭映軟軟自芬芳秋胡方倚馬羅敷未滿筐春蠶朝已老安得久徬徨 軟軟一作軟弱方一作始

同前 二首一云採桑郭本前首作王臺卿左本後作王筠　　蕭子顯

令月開和景處處動春心挂筐須葉滿息倦重枝陰

日出秦樓明條垂露尚盈蠶饑心自急開奩粧不成

同前 四首　　王臺卿

鬱鬱陌上桑盈盈陌上女送君上河梁拭淚不能語
鬱鬱陌上桑遥遥山下蹊君去戍萬里妾來守空閨
鬱鬱陌上桑皎皎雲間月非無巧笑姿皓齒爲誰發
鬱鬱陌上桑裊裊機頭絲君行亦宜返今夕是何時

豔歌行　　晉傅玄

日出東南隅照我秦氏樓秦氏有好女自字爲羅敷首戴金翠飾耳綴明月珠白素爲下裾丹霞爲上襦一顧傾朝市再顧國爲虛問女居安在堂在城南居青樓臨大巷幽門結重樞使君自南來駟馬立踟躕遣吏謝賢女豈可同行車斯女長跪對使君言何殊使君自有婦

賤妾有鄙夫天地正厥位願君改其圖

同前　陳張正見

城隅上朝日斜暉照杏梁併卷茱萸帳爭移翡翠牀縈環聊向牖拂鏡且調粧裁金作小靨散麝起微黃二八秦樓女三十侍中郎執戟超丹地豐貂入建章未安文史閣獨結少年場彎弧貫月影學劒動星芒翠蓋飛城曲金鞍橫道傍調鷹向新市彈雀往睢陽行行稍有極暮暮歸蘭房前瞻富羅綺左顧足鴛鴦蓮舒千葉氣燈吐百枝光滿酌胡姬酒多燒荀令香不學幽閨妾生離怨採桑（月一作葉）

羅敷行　　梁蕭子範

城南日半上微步弄妖姿含情動燕俗顧景笑齊倉不憂桑葉盡還憶畏蠶飢春風若有顧惟願落花遲

同前　　陳顧野王

東隅麗春日南陌採桑時樓中結梳罷提筐候早期風輕鶯韻緩霜灑落花遲五馬光長陌千騎絡青絲使君徒遣信賤妾畏蠶饑

同前　　北魏高允

邑中有好女姓秦字羅敷巧笑美囬盻鬒髮復凝膚脚著花文履耳穿明月珠頭作墮馬髻倒枕象牙梳姌姌

善趨步襜襜曳長裾王侯爲之顧駟馬自踟躕

日出東南隅行 一云羅敷豔歌 晉陸機

扶桑升朝暉照此高臺端高臺多妖麗濬房出清顏淑貌耀皎日惠心清且閑美目揚玉澤蛾眉象翠翰鮮膚一何潤秀色若可餐窈窕多容儀婉媚巧笑言莫春春服成粲粲綺與紈金雀垂藻翹瓊佩結瑤璠方駕揚清塵濯足洛水瀾藹藹風雲會佳人一何繁南崖充羅幕北渚盈軿軒清川含藻景高岸被華丹馥馥芳袖揮泠泠纖指彈悲歌吐清響雅韻播幽蘭丹脣含九秋妍迹凌七盤赴曲迅驚鴻蹈節如集鸞綺態隨顏變沈姿無

定源俯仰紛阿那顧步咸可憐遺芳結飛飈浮景映清湍冶容不足詠春遊良可歎韻一作舞 定一作乏

同前　宋謝靈運

柏梁冠南山桂宮燿北泉晨風拂檐幌朝日照閨軒美人臥屏席懷蘭秀瑤璠皎潔秋松氣淑德春景暄疑闕

同前　梁沈約

朝日出邯鄲照我叢臺端中有傾城豔顧景織羅紈延軀似纖約遺視若囬瀾瑤裝映層綺金服炫雕欒幸有同匡好西仕服秦宮寶劒垂玉貝汗馬飾金鞍縈場類轉雪逸控寫騰鸞羅衣夕解帶玉釵暮垂冠寫一作似

同前　張率

朝日照屋梁夕月懸洞房專遽自稱豔獨[redacted]伊覽光雖資自然色誰能棄薄粧施著見朱粉點畫示顏黃含貝開丹吻如羽發清揚金碧既簪珥綺縠復衣裳方領備蟲彩曲裙雜鴛鴦手操獨繭緒脣凝脂燥黃

同前　蕭子顯

大明上迢迢陽城射凌霄光照牕中婦絕世同阿嬌明鏡盤龍刻簪羽鳳凰雕逶迤梁家髻冉弱楚宮腰輕紈雜重錦薄縠間飛綃三六前年暮四五今年朝蠶籠拾芳翠桑陌採柔條出入東城里上下洛西橋忽逢車馬

客飛蓋動禮軺單衣鼠毛織寶劒羊頭鞘丈夫疲應對

從者轂銜鑣柱閒徒脉脉垣上幾翹翹女本西家宿君

自上宮要漢馬三萬疋夫聟仕嫖姚鞶囊虎頭綬左珥

皂盧貂橫吹龍鍾管奏鼓象牙簫十五張內侍十八貫

登朝皆笑顏郎老盡訝董公超丈一作大從一作御公一作生

同前一云豔歌行　陳後主

重輪上瑞暉西北照南威南威年二八開牖敞重闈當

壚送客去上苑逐春歸髻下珠勝月總前雲帶衣紅裙

結未解綠綺自難徽

同前　徐伯陽

丹城壁日映朱扉青樓含照本暉暉遠映陌上春桑葉斜入秦家緗綺衣羅敷妝粉能佳麗鏡前新梳倭墮髻圓籠裊裊挂青絲鐵鈎冉冉勝丹桂蠶飢日晚暫是生愁忽逢使君南陌頭五馬停珂遣借問雙臉含嬌特好羞妾壻府中輕小吏郎今來往專城裏欲識東方千騎歸鵠鵠日暮紅塵起丹一作朱　映一作啓

同前　殷謀

秦樓出佳麗正值朝日光陌頭能駐馬花處復添香

同前一題云陌上桑　周王褒

曉星西北沒朝日東南隅陽窗臨玉女蓮帳照金鋪鳳

樓稱獨立絶世良所無鏡懸四龍網桄畫七星圖銀鏤明光帶金地織成襦調絃大垂手歌曲鳳將雛採桑三市路賣酒七條衢道逢五馬客夾轂來相趨將軍多事蓺夫聳好形模高箱照雲毋壯馬飾當顱蟬衣火浣布利劒水精珠自知心所愛仕宦執金吾飛甍彫翡翠繡桷畫屠蘇銀燭附彈映雞羽黃金步搖動襜褕兄弟五日時來歸高車竟道生光輝名倡兩行堂上起鴛鴦七十階前飛少年任俠輕年月珠丸出彈遂難追藝一作勢

同前郭本日出行　　蕭撝

昬昬隱遠霧團團乘陣雲正值秦樓女含嬌酬使君

同前　隋盧思道

初月正如鉤懸光入綺樓中有可憐妾如恨亦如羞深情出豔語密意滿橫眸楚腰寧且細孫眉本未愁青玉勿當取雙銀詎可留會待東方騎遥居最上頭可留一作肯留

採桑　宋鮑照

季春梅始落工女事蠶作採桑淇洧閒還戲上宮閣早蒲時結陰晚篁初解籜藹藹雲滿閨融融景盈幕乳燕逐草蟲巢蜂拾花藥是節最暄妍佳服又新爍欽歎對迴塗揚歌弄場藿抽琴試紓思薦佩果成託承君郢中美服義久心諾衛風古愉絶鄭俗舊浮薄靈願悲渡湘

宓賦笑灑洛城盛明難重來淵忌爲誰涸君其且調絃桂酒妾行酌篁一作竹雲滿一作片霧灑歛一作緜迴一作囘屐一作景

同前郭本未全　梁簡文帝

春色映空來先發院邊梅細萍重疊長新花歷亂開連珂往淇上接幰至叢臺叢臺可憐妾當窗望飛蝶忌跌行衫領熨斗成褫襵下牀著珠珮捉鏡安花鑷薄晚畏蠶飢競採春桑葉寄語採桑伴訝今春日短枝高攀不及葉細籠難滿年年將使君歷亂遣相聞欲知琴裏意還贈錦中文何當照梁日還作入山雲重門皆已閉方知留客袂可憐黃金絡複以青絲繫必也爲人時誰令

畏夫婿 淇上一作河上 褫襹一作裙襹

同前 集云同郭侍郎採桑 姚翻

鴈還高柳北春歸洛水南日照茱萸領風搖翡翠簪桑間視欲暮閨裏遽飢蠶相思君助取相望妾那堪

同前 沈君攸

南陌落花移蠶妾畏桑萎逐便牽低葉爭多避小枝摘駛籠行滿攀高腕欲疲看金怯舉意求心自可知

同前 英華題云和洗馬古意 吳均

賤妾思不堪採桑渭城南帶減連枝繡髮亂鳳凰簪花舞依長薄蛾飛愛綠潭無由報君信流涕向春蠶

同前 集題云萬山見採桑人姑從郭本收入 劉邈

倡妾不勝愁結束下青樓逐伴西城路相攜南陌頭葉盡時移樹枝高任易鈎絲繩提且脫金籠篇復收蠶飢日欲暮誰爲使君留 城一作郊提一作挂復一作仍欲一作巳

同前 陳後主

春樓髻梳罷南陌競相隨去後花叢散風來香處移廣袖承朝日長鬟礙聚枝柯新攀易斷葉嫩摘前萎採繁鈎手弱微汗雜粧垂不應歸獨早堪爲使君知

同前 張正見

春樓曙鳥驚蠶妾候初晴迎風金珥落向日玉釵明徙

顧移籠影，攀鉤動釧聲。葉高知手弱，枝軟覺身輕。人多

羞借問，年少怯逢迎。恐疑夫婿遠，聊復答專城。

同前　　賀徹

蠶妾出房櫳，結伴類花叢。度水春衫綠，映日晚粧紅。釧

聲時動樹，衣香自入風。鉤長從枝曲，葉盡細條空。競採

須盈手，爭歸欲滿籠。自憐公府步，誰與少年同。

同前　　傅縡

羅敷試採桑，出入城南傍。綺裙映珠珥，絲繩提玉筐。度

身攀葉聚，聳腕及枝長。空勞使君問，自有侍中郎。

吟歎曲

古今樂錄曰張永元嘉技錄吟歎四曲一曰大雅吟二曰王明君三曰楚妃歎四曰王子喬大雅吟王明君楚妃歎並石崇辭王子喬古辭王明君一曲今有歌大雅吟楚妃歎二曲今無能歌者古有八曲其小雅吟蜀琴頭楚王吟東武吟四曲闕

大雅吟　晉石崇

堂堂太祖淵弘其量仁格宇宙義風遐暢啓土萬里志在翼亮三分有二周文是尚於穆武王奕世載聰欽明沖默文思允恭武則不猛化則時雍庭有儀鳳郊有遊龍啓路千里萬國率從蕩清吳會六合乃同百姓仰德良史書功超越三代唐虞比蹤　右一曲晉樂所奏

王明君

一曰王昭君漢書曰竟寧元年呼韓邪來朝言願壻漢氏以後宮良家子王嬙

妃之生一子株累立復妻之生二女范曄書曰昭君入宮久不見御積怨因掖庭令請行單于臨辭大會豐容靚飾顧影徘徊竦動左右帝驚悔欲復留而重失信夷狄遂與之生二子西京雜記曰漢元帝後宮既多不得常見乃使畫工圖其形按圖召幸宮人皆賂畫工多者十萬少者亦不減五萬昭君自恃其貌獨不與乃惡圖之及後匈奴入朝選美人配之昭君之圖當行及入辭光彩射人竦動左右天子方重信外國悔恨不及窮按其事畫工有杜陵毛延壽為人形醜好老少必得其真安陵陳敞新豐劉白龔寬並工為牛馬飛鳥衆藝人形好醜不逮延壽下杜陽望樊青尤善布色同日棄市籍其家資皆巨萬昭君在胡作詩以怨思云琴操曰昭君本齊國王穰女端正閑麗穰以其有異人求之不與年十七進之帝以地遠不幸欲賜單于美人嬙對使者越席請往後不願妻其子吞藥而卒韓子蒼云其事雜出無所考正言不願妻其子而詔使從胡俗此是烏孫公主非昭君

也要之琴操寂抵牾矣唐書樂志曰明君漢曲也石崇自序曰王明君本名昭君以觸文帝諱故晉人謂之明君初武帝以江都王建女細君爲公主嫁烏孫王昆莫令琵琶馬上作樂以慰其道路之思送明君亦然也其造新之曲多哀怨之聲晉宋以來明君止以絃隸少許爲上舞而已梁天監中斯宣達爲樂府令與諸樂工以清商兩相間絃爲明君上舞傳之至今王僧虔技錄云明君有閒絃及契注聲又有送聲謝希逸琴論曰平調明君三十六拍胡笳明君二十六拍清調明君十三拍間絃明君九拍蜀調明君十二拍吳調明君十四拍杜瓊明君二十一拍凡有七曲琴集曰胡笳明君四弄有上舞下舞上間絃下間絃明君三百餘弄其善者四焉又胡笳明君別五弄辭漢跨鞍望鄉奔雲入林是也

晉石崇

我本漢家子將適單于庭辭訣未及終前驅已抗旌僕

御涕流離轅馬悲且鳴哀鬱傷五內泣淚沾朱纓行行日已遠遂造匈奴城延我於穹廬加我閼氏名殊類非所安雖貴非所榮父子見陵辱對之慙且驚殺身良不易默默以苟生苟生亦何聊積思常憤盈願假飛鴻翼棄之以遐征飛鴻不我顧佇立以屏營昔爲匣中玉今爲糞上英朝華不足嘉甘與秋草并傳語後世人遠嫁難爲情嘉一作歡　右一曲晉樂所奏

王昭君　宋鮑照

既事轉蓬遠心隨鴈路絕霜鞞旦夕驚邊笳中夜咽

同前　梁施榮泰

垂羅下椒閣舉袖拂胡塵唧唧撫心歎蛾眉誤殺人

同前 玉臺題云昭君辭 周庾信

拭啼辭戚里回顧望昭陽鏡失菱花影釵除却月梁圍腰無一尺垂淚有千行綠衫承馬汗紅袖拂秋霜別曲眞多恨哀絃須更張 綠衫一作衫身

同前 無名氏

猗蘭恩寵歇昭陽幸御稀朝辭漢闕去夕見胡塵飛寄信秦樓下因書秋鴈歸

明君詞 英華題云昭君怨 梁簡文帝

玉豔光搖質金鈿婉黛紅一去蒲萄觀長別披香宮秋

簷照漢月愁帳入胡風妙工偏見詆無由情恨通

同前 一曰昭君辭　武陵王紀

塞外無春色邊城有風霜誰堪覽明鏡持許照紅粧

同前　沈約

朝發披香殿夕濟汾陰河於茲懷九折自此歛雙蛾沾粧疑湛露繞臆狀流波日見奔沙起稍覺轉蓬多胡風犯肌骨非直傷綺羅銜涕試南望關山鬱嵯峨始作陽春曲終成苦寒歌唯有三五夜明月暫經過 折一作逝 狀一作北

同前 集題云昭君怨　陳後主

圖形漢宮裏遙聘單于庭狼山聚雲暗龍沙飛雪輕笳

吟度隴咽笛轉出關鳴啼妝寒葉下愁眉塞月生只餘

馬上曲猶作別時聲

同前集作王明君　張正見

塞樹暗胡塵霜樓明漢月淚染上春衣憂變華年髮

同前藝文作陳明陰鏗集載云昭君怨郭本作唐誤　陳昭

跨鞍今永訣垂淚別親賓漢地隨行盡胡關逐望新交

河擁塞霧隴日暗沙塵唯有孤明月猶能遠送人隨行盡一作行將遠

同前　周王褒

蘭殿辭新寵椒房餘故情鴻飛漸南陸馬首倦西征寄

書參漢使銜涕望秦城唯餘馬上曲猶作出關聲

同前 集題云昭君辭應詔　　庾信

歛眉光祿塞遥望夫人城片片紅顏落雙雙淚眼生氷河牽馬渡雪路抱鞍行胡風入骨冷夜月照心明方調琴上曲變入胡笳聲 入一作作

同前 一云昭君辭英華作何遜　　隋何妥

昔聞別鶴弄已自軫離情今來昭君曲還悲秋草并

同前　　薛道衡

我本良家子充選入椒庭不蒙女史進更無畫師情蛾眉非本質蟬鬢改真形專由妾命薄誤使君恩輕啼落

渭橋路歎別長安城今夜寒草宿明朝轉蓬征郤望關山迥前瞻沙漠平胡風帶秋月嘶馬雜笳聲毛裘易羅綺氈帳代帷屛自知蓮臉歇羞看菱鏡明釵落終應棄髻解不須縈何用單于重詎假閼氏名駃騠聊彊食桐酒未能傾心隨故鄉斷愁逐塞雲生漢宮如有憶爲視旄頭星今夜一作夜依明朝一作朝逐帷一作金桐一作筩

昭君歎二首　梁范靜婦沈氏

早信丹青巧重貨洛陽師千金買蟬鬢百萬寫蛾眉貨一作賂

今朝猶漢地明日入胡關情寄南雲反思逐北風還一作

高堂歌吹■
遊子夢中還

楚王吟　　梁張率

章臺迎夏日夢遠感春條風生竹籟響雲垂草綠饒相
看重束素唯欣爭細腰不惜同從理但使一聞韶

楚妃歎

劉向列女傳曰楚姬楚莊王夫人也莊王好狩獵畢弋樊姬諫不止乃不食禽獸之肉王嘗與虞丘子語以爲賢樊姬笑之王曰何笑也對曰虞丘子賢矣未忠也妾充後宮十一年而所進者九人賢於妾者二人與妾同列者七人虞丘子相楚十年而所薦者非其子孫則族昆弟未聞進賢退不肖也妾之笑不亦宜乎王於是以孫叔敖爲令尹治楚三年而莊王以霸樂府解題曰陸機吳趨行云楚妃且莫歎明非近題也謝希逸琴論有楚妃歎七拍

晉石崇

蕩蕩大楚跨土萬里北據方城南接交趾西撫巴漢東被海涘五矦九伯是疆是理矯矯莊王淵渟岳峙冕旒垂精玄纊塞耳韜光戢燿潛默恭己內委樊姬外任孫子猗猗樊姬體道履信旣紬虞丘九女是進杜絶邪佞廣啓令胤割歡抑寵居之不吝不吝實難可謂知幾化自近始著於閨闈光佐霸業邁德揚威羣后列辟式瞻洪規譬彼江海百川咸歸萬邦作歌身沒名飛 右一曲晉樂所奏

同前 一云楚妃引　　宋袁伯文

玉墀滴淒露羅幌已依霜逢春每先絶爭秋欲幾芳

同前　　梁簡文帝

幽閨情脉脉漏長宵寂寂草螢飛夜戶絲蟲繞秋壁薄笑未爲欣微歎還成慼金簪鬢下垂玉筯衣前滴

楚妃吟　　梁王筠

花早飛林中明鳥早歸庭前日暖春閨香氣亦霏霏香氣漂當軒清唱調獨顧慕含怨復含嬌蝶飛蘭復裊裊輕風入裙春可遊歌聲梁上浮春遊方有樂沈沈下羅幕

楚妃曲　　吳均

春粧約春黛如月復如蛾玉釵照繡領金薄厠紅羅

王子喬劉向列仙傳曰王子喬者周靈王太子晉也好吹笙作鳳鳴遊伊洛之間道人浮丘公接以上嵩高山三十餘年後求之於山上見桓良曰告我家七月七日待我於緱氏山頭至時果乘白鶴駐山頭望之不得到舉手謝時人數日而去爲立祠於緱氏山下及嵩高之首焉

古辭

王子喬參駕白鹿雲中遨參駕白鹿雲中遨下遊來王子喬參駕白鹿上至雲戲遊遨上建逋陰廣里踐近高結仙宮過謁三台東遊四海五嶽山過蓬萊紫雲臺三王五帝不足令令我聖朝應太平養民若子事父明當究天祿永康寧玉女羅坐吹笛簫嗟行聖人遊八極鳴吐銜福翔殿側聖主享萬年悲吟皇帝延壽命 右一曲魏晉樂

所奏

同前集云王太子贊姑從郭本收入　　梁江淹

子喬好輕舉不待鍊銀丹控鶴去窈窕學鳳對巑岏山無一春草谷有千年蘭雲衣下躑躅龍駕何時還去一作上

同前一題有行字　　高允生

仙化非常道其義出自然王喬誕神氣白日忽升天颷曖御雲氣飄颻乘長煙寄想崆峒外翱翔宇宙間七月有佳期控鶴崇崖巔永與時人别一去不復旋飄颻一作飄颻

同前　　北魏高允

王少卿王少卿超升飛龍翔天庭遺儀景雲漢爾光驚

電逝忽若浮騎日月從列星跨騰入廓踰窅冥尋元氣
出天門窮覽有無究道根

四弦曲

古今樂録曰張永元嘉技録有四絃一曲蜀國四絃是也居相和之末三調之首古有四曲其張女四絃李延年四絃嚴卯四絃三曲闕蜀國四絃節家舊有六解宋歌有五解今亦闕

蜀國絃 集題蜀國絃歌篇十韻　梁簡文帝

銅梁指斜谷劒道望中區通星上分野作固下爲都雅
歌因良守妙舞自巴渝陽城嬉樂盛劒騎鬱相趨五婦
行難至百兩好遊娛牲祈望帝祀酒酹蜀侯妹江妃納
重聘卓女愛將雛停弦時繫爪息吹治脣朱脫衫湔錦

浪田扇避陽烏聞君握節返賤妾下城隅指斜谷玉臺作望絕國望中區英華作臨中區盛一作所爪一作介治脣朱一作更治朱

同前　　隋盧思道

西蜀稱天府由來擅沃饒雲浮玉壘夕日映錦城朝南尋九折路東上七星橋琴心若易解令客豈難要

古樂苑卷第十五終

古樂苑卷第十六

西吳　梅鼎祚　補正
東越　呂胤昌　校閱

相和歌辭 平調曲

平調曲

古今樂錄曰王僧虔技錄平調七曲一曰長歌行二曰短歌行三曰猛虎行四曰君子行五曰燕歌行六曰從軍行七曰鞠歌行荀氏錄所載十二曲傳者五曲武帝周西對酒文帝仰瞻並短歌行文帝秋風別日並燕歌行是也其七曲今不傳文帝功名明帝青青並長歌行武帝吾年明帝雙桐並猛虎行燕趙君子行左延年苦哉從軍行雉朝飛短歌行是也其器有笙笛筑瑟琴箏琵琶七種歌絃六部張永錄曰未歌之前有八部絃四器俱作在高下遊弄之後凡三

調歌絃一部竟輒作送歌絃今用器又有大歌絃一曲歌大婦織綺羅不在歌數惟平調有之即清調相逢狹路間道隘不容車篇後章有大婦織綺羅中婦織流黄是也張錄云非管絃音聲所寄似是命笛理絃之餘王錄所無也亦謂之三婦豔詩

長歌行

樂府解題曰古辭言芳華不久當努力爲樂無至老大乃傷悲也魏改奏文帝所賦西山一何高崔豹古今注長歌短歌言人壽命長短各有定分不可妄求按古詩云長歌正激烈魏文帝燕歌行云短歌微吟不能長晉傅玄豔歌行云咄來長歌續短歌然則歌聲有長短非言壽命也

古辭

青青園中葵朝露待日晞陽春布德澤萬物生光輝常恐秋節至焜黄華葉衰百川東到海何時復西歸少壯不努力老大徒傷悲

同前 滄浪詩評云文選長歌行一首青青園中葵郭茂倩樂府有兩篇次乃仙人騎白鹿予疑岧岧山上亭以下其義不同當別是一首　古辭

仙人騎白鹿髮短耳何長導我上太華攬之獲赤幢來到主人門奉藥一玉箱主人服此藥身體一日康彊髮白更黑延年壽命長

岧岧山上亭皎皎雲間星遠望使心思遊子戀所生驅車出北門遙觀洛陽城凱風吹長棘夭夭枝葉傾黃鳥飛相追咬咬弄音聲竚立望西河泣下沾羅纓 藝文類聚載魏文帝明津詩與此大同而逸其半

同前　魏明帝

靜夜不能寐耳聽衆禽鳴大乘育狐兔高墉多鳥聲壞宇何寥廓宿屋邪草生中心感時物撫劒下前庭翔佯於階際景星一何明仰首觀靈宿北辰奮休榮哀彼失羣燕喪偶獨煢煢單心誰與侶造房孰與成徒然喟有和悲慘傷人情余情偏易感懷往增憤盈吐吟音不徹泣涕沾羅纓撫劒下前庭藝文作攬衣下閑庭

同前　　晉傅玄

利害同根源賞下有甘鉤義門近[redacted]塘獸口出通侯撫劒安所趨蠻方未順流蜀賊阻石城吳寇馮龍舟二軍多壯士聞賊如見讐投身効知己徒生心所羞鷹隼厲

天翼耻與燕雀遊成敗在縱者無令鷙鳥憂

同前　陸機

逝矣經天日悲哉帶地川寸陰無停晷尺波徒自旋年往迅勁矢時來亮急絃遠期鮮克及盈數固希全容華夙夜零體澤坐自捐茲物苟難停吾壽安得延俛仰逝將過倏忽幾何間慷慨亦焉訴天道良自然但恨功名薄竹帛無所宣迨及歲未暮長歌乘我閑（徒自一作豈　徒迅一作信）

同前　宋謝靈運

倏爍夕星流昱奕朝露團粲粲烏有停泫泫豈暫安徂齡速飛電頹節鶩驚湍覽物起悲緒顧已識憂端朽貌

改鮮色悴容變柔顏變改苟催促容色烏盤栢疊疊哀

期迫靡靡壯志闌既慙臧孫慨復愧楊子歎寸陰果有

逝尺素竟無觀幸賒道念戚且取長歌歡

同前　　梁元帝

當壚擅旨酒一卮堪十千無勞蜀山鑄扶授采金錢人

生行樂爾何處不留連朝為洛生詠夕作據梧眠忽茲

忘物我優遊得自然授一作受

同前二首後一作鮑照　　沈約

連連舟鑿改微徵市朝變來功嗣往迹莫武徂升彥局

塗頓遠策留懽限奔箭拊戚狀驚瀾循休擬回電歲去

芳願違年來苦心薦春貌既移紅秋林豈停蒨一倍茂

陵道寧思柏梁宴長戢兎園情永别金華殿聲徽無惑

簡丹青有餘絢幽篇且未調無使長歌倦限一作恨

春隰蒹綠柳寒墀積皓雪依依往紀盈霏霏來思結思

結纏歲晏曾是掩初節初節曾不掩浮榮逐弦缺弦缺

更圓合浮榮永沈滅色隨夏蓮變態與秋霜耋道迫無

異期賢愚有同絶銜恨豈云忘天道無甄别功名識所

職竹帛尋摧裂生外苟難尋坐爲長歎設

鰕䱇篇一曰鰕䱇篇樂府解題曰曹植擬長歌行爲鰕䱇

魏陳思王植

鰕䱌遊潢潦，不知江海流。燕雀戲藩柴，安識鴻鵠遊。世事此誠明，大德固無儔。駕言登五岳，然後小陵丘。俯觀上路人，勢利惟是謀。讐高念皇家，遠懷柔九州。撫劒而雷音，猛氣縱橫浮。汎泊徒嗷嗷，誰知壯士憂。

短歌行

二首六解　古今樂錄曰王僧虔技錄云短歌行仰暗一曲魏氏遺令使節朔奏樂魏文製此辭自撫箏和歌歌者云貴官彈箏貴官即魏文也此曲聲製最美辭不可入宴樂樂府解題曰短歌行魏武帝對酒當歌人生幾何晉陸機置酒高堂悲歌臨觴皆言當及時爲樂也

魏武帝

對酒當歌，人生幾何。譬如朝露，去日苦多。一解　慨當以慷，憂思難忘。以何解愁，唯有杜康。二解　青青子衿，悠悠我心。

但爲君故沈吟至今三解明明如月何時可輟憂從中來
不可斷絶四解呦呦鹿鳴食野之苹我有嘉賓鼓瑟吹笙
五解山不厭高水不厭深周公吐哺天下歸心六解右一曲晉樂所奏

對酒當歌人生幾何譬如朝露去日苦多慨當以慷憂
思難忘何以解憂唯有杜康青青子衿悠悠我心呦呦
鹿鳴食野之苹我有嘉賓鼓瑟吹笙明明如月何時可
輟憂從中來不可斷絶越陌度阡枉用相存契闊談讌
心念舊恩月明星稀烏鵲南飛繞枝三匝何枝可依山
不厭高海不厭深周公吐哺天下歸心右一曲本辭多越陌八句

對酒當歌人生幾何譬如朝露去日苦多明明如月何時可掇憂從中來不可斷絕月明星稀烏鵲南飛繞枝三匝無枝可依山不在高水不在深周公吐哺天下歸心

右藝文所載歐陽詢去其半猶爲簡當語完而意足也今附錄

同前 六解　武帝

周西伯昌懷此聖德三分天下而有其二脩奉貢獻臣節不墜崇侯讒之是以拘繫一解後見赦原賜之斧鉞得使征伐爲仲尼所稱達及德行猶奉事殷論敘其美二解齊桓之功爲霸之首九合諸侯一匡天下一匡天下不以兵車正而不譎其德傳稱三解孔子所歎并稱夷吾民受其恩賜與廟胙命無下拜小白不敢爾天威在顏咫

尺四解晉文亦霸躬奉天王受賜珪瓚秬鬯彤弓盧弓矢千虎賁三百人五解威服諸侯師之者尊八方聞之名亞齊桓河陽之會詐稱周王是以其名紛葩六解右一曲晉樂所奏

同前六解　　魏文帝

仰瞻帷幙俯察几筵其物如故其人不存一解神靈倏忽棄我遐遷靡瞻靡恃泣涕連連二解呦呦遊鹿銜草鳴麑翩翩飛鳥挾子巢棲三解我獨孤煢懷此百離憂心孔疚莫我能知四解人亦有言憂令人老嗟我白髮生一何早五解長吟永歎懷我聖考曰仁者壽胡不是保六解右一曲魏樂所奏者宋書作曰

同前　魏明帝

翩翩春燕端集余堂陰匿陽顯節運自常厥貌淑美玄衣素裳歸仁服德雌雄頡頏執志精專潔行馴良銜土繕巢有式宮房不覩自圓無矩而方

同前　晉傅玄

長安高城層樓亭亭干雲四起上貫天庭蜉蝣何整行如軍征蟋蟀何感中夜哀鳴蚍蜉愉樂粲粲其榮寤寐念之誰知我情昔君視我如掌中珠何意一朝棄我溝渠昔君與我如影如形何意一去心如流星昔君與我兩心相結何意今日忽然兩絶

同前　陸機

置酒高堂悲歌臨觴人生幾何逝如朝霜時無重至華不再揚蘋以春暉蘭以秋芳來日苦短去日苦長今我不樂蟋蟀在房樂以會興悲以別章豈曰無感憂爲子忘我酒旣旨我肴旣臧短歌可詠長夜無荒

同前　梁張率

君子有酒小人鼓缶乃布長筵式宴親友盛壯不留容華易朽如彼槁葉有似過牖往日莫淹來期無久秋風悴林寒蟬鳴柳悲自別深懽由會厚豈云不樂與子同壽我酒旣盈我肴伊阜短歌是唱孰知身後

同前 二首郭本作一首 周徐謙

窮通皆是運榮辱豈關身不願門前客看時逢故人

意氣青雲裏爽朗煙霞外不羨一囊錢唯重心襟會

同前 隋辛德源

馳射罷金溝戲笑上雲樓少妻鳴趙瑟侍妓轉吳謳杯

度浮香滿扇舉細塵浮星河耿涼夜飛月豔新秋忽念

奔駒促彌欣執燭遊

銅雀臺 一日銅雀妓鄴都故事魏武帝遺命諸子曰吾死之後葬於鄴之西岡上與西門豹祠相近無藏金玉珠寶餘香可分諸夫人不命祭吾妾與伎人皆著銅雀臺臺上施六尺牀下繐帳朝晡上酒脯粻糒之屬每月朝十五輙向帳前作伎汝等時登臺望吾西

陵墓田故陸機弔魏武帝文曰揮清絃而獨奏薦脯糒而誰嘗悼繐帳之冥漠怨西陵之茫茫登雀臺而羣悲佇美目其何望按銅雀臺在鄴城建安十五年築其臺最髙上有屋一百二十間連接榱棟侵徹雲漢鑄大銅雀置于樓顛舒翼奮尾勢若飛動因名爲銅雀臺樂府解題曰後人悲其意而爲之詠也

集云同謝諮議詠銅雀臺郭本作銅雀伎　齊謝朓

繐帷飄井幹罇酒若平生鬱鬱西陵樹詎聞歌吹聲芳襟染淚迹嬋娟空復情玉座猶寂寞況乃妾身輕

同前　陳張正見

淒涼銅雀晚搖落墓田通雲慘當歌日松吟欲舞風人疏瑤席冷曲罷繐帷空可惜年將淚俱盡望陵中

同前　荀仲舉

高臺秋色晚直望已淒然況復歸風便松聲入斷絃淚逐梁塵下心隨團扇捐誰堪三五夜空對月光圓

銅雀妓　梁何遜

秋風木葉落蕭瑟管絃清望陵歌對酒向帳舞空城寂寂簷宇曠飄飄帷幔輕曲終相顧起日暮松柏聲

同前　劉孝綽

雀臺三五日歌吹似佳期定對西陵晚松風飄素帷危絃斷復續賤妾傷此時何言留客袂翻掩望陵悲歌一作絃復續一作更接賤妾復傷此時一作心傷於此時何一作詎翻一作還

同前　江淹

武皇去金閣英威長寂寞雄劒頓無光雜佩亦銷爍秋至明月圓風傷白露落清夜何湛湛孤燭映蘭幙撫影愴無從惟懷憂不薄瑶色行應罷紅芳幾爲樂徒登歌舞臺終成螻蟻廓

銅雀悲　齊謝朓

落日高城上餘光入繐帷寂寂深松晚寧知琴瑟悲

置酒高堂上 一作置酒高樓上　宋孔欣

置酒宴友生高會臨疎欞芳俎列嘉肴山罍滿春青廣樂充堂宇絲竹横兩楹邯鄲有名倡承閒奏新聲八音

何寥亮四座同歡情舉觴發湛露銜杯詠鹿鳴觴謠可相娛揚解意何榮顧歡來義士暢哉矯天誠朝日不夕盛川流常宵征生猶懸水溜死若波瀾停當年貴得意何能競虛名

當置酒　陸機集載此誤　梁簡文帝

置酒宴佳賓矚迥臨飛觀絕嶺隔天餘長嶼横江半日色花上綺風光水中亂三益既葳蕤四始方葱粲

猛虎行　古辭

飢不從猛虎食暮不從野雀棲野雀安無巢游子爲誰驕

同前　魏文帝

與君媾新歡託配於二儀充列于紫微升降焉可知梧桐攀鳳翼雲甫散洪池

同前 王僧虔伎錄曰荀錄載明帝雙桐一篇今不傳　明帝

雙桐生空井枝葉自相加通泉浸其根玄雲潤其柯上有雙棲鳥交頸鳴相和何意行路者秉丸彈是窠 闕

同前　晉陸機

渴不飲盜泉水熱不息惡木陰惡木豈無枝志士多苦心整駕肅時命杖策將遠尋饑食猛虎窟寒棲野雀林日歸功未建時往歲載陰崇雲臨岸駭鳴條隨風吟靜言幽谷底長嘯高山岑急弦無懦響亮節難爲音人生

誠未易曷云開此襟眷我耿介懷俯仰愧古今

同前 二首後首郭本無名氏 宋謝惠連

貧不攻九疑玉倦不憩三危峰九疑有或號三危無安容美物標貴用志士厲奇蹤如何祗遠役王命宜肅恭伐鼓功未著振旅何時從

猛虎潛深山長笑自生風人謂客行樂客行苦心傷

雙桐生空井 梁簡文帝

季月對桐井新枝雜舊株晚葉藏栖鳳朝花拂曙烏還看西子照銀牀繫轆轤 西一作稚

君子行 又有君子有所思行辭旨與此不同 古辭

君子防未然不處嫌疑間瓜田不納履李下不正冠嫂叔不親授長幼不比肩勞謙得其柄和光甚獨難周公下白屋吐哺不及餐一沐三握髮後世稱聖賢曹植集亦載此

同前　晉陸機

天道夷且簡人道險而難休咎相乘躡翻覆若波瀾去疾苦不遠疑似實生患近火固宜熱履冰豈惡寒掇蜂滅天道拾塵惑孔顏逐臣尚何有棄友焉足歎福鍾恒有兆禍集非無端天損未易辭人益猶可歡朗鑒豈遠假取之在傾冠近情苦自信君子防未然

同前　梁簡文帝

君子懷琬琰不使涅塵淄從容子雲閣寂寞仲舒帷多

謝悠悠子管窺良可悲

同前　　沈約

良御惑燕楚妙察亂澠淄𨾴傾由漏壤垣隙自危基壹

途或妄踐黨義勿輕持

同前　　戴暠

晝野依德星開鄽對廉水接越稱交讓連樹名君子數

非唯二失升階無三止探甑不疑塵正冠還避李寄言

蘧伯玉無爲嗟獨恥

燕歌行七解　樂府解題音樂奏魏文帝秋風別日二曲言時序遷換行役不歸婦人

怨曠無所訴也廣題言良人從役於燕而爲此曲

魏文帝

秋風蕭瑟天氣涼草木搖落露爲霜一解羣燕辭歸鴈南翔念君客遊多思腸二解慊慊思歸戀故鄉君何淹留寄他方三解賤妾煢煢守空房憂來思君不敢忘四解不覺淚下沾衣裳援琴鳴絃發清商五解短歌微吟不能長明月皎皎照我牀六解星漢西流夜未央牽牛織女遙相望爾獨何辜限河梁七解 右一曲晉樂所奏 鴈宋書作鵠多思腸一作思斷腸瑟作琴

同前六解

前人

別日何易會日難山川悠遠路漫漫一解鬱陶思君未敢言寄書浮雲往不還二解涕零雨面毀形顏誰能懷憂獨

不歎解三耿耿伏枕不能眠披衣出戶步東西解四展詩清歌聊自寬樂往哀來摧心肝悲風清厲秋氣寒羅帷徐動經秦軒解五仰戴星月觀雲間飛鳥晨鳴聲氣可憐畱連顧懷不自存六解　右一曲晉樂所奏　書一作聲　形一作容　心一作肺　戴一作看　鳥一作鶬　自一作能

別日何易會日難山川悠遠路漫漫鬱陶思君未敢言寄聲浮雲往不還涕零雨面毀容顏誰能懷憂獨不歎展詩清歌聊自寬樂往哀來摧肺肝耿耿伏枕不能眠披衣出戶步東西仰看星月觀雲間飛鶬晨鳴聲可憐畱連顧懷不能存　右一曲本辭

同前　魏明帝

白日曉曉忽西傾霜露慘悽塗階庭秋草捲葉摧枝莖
翩翩飛蓬常獨征有似遊子不安寧

同前　晉陸機

四時代序逝不追寒風習習落葉飛蟋蟀在堂露盈墀
念君遠遊恒苦悲君何緬然久不歸賤妾悠悠心無違
白日既沒明燈輝夜禽赴林匹鳥棲雙鳴關關宿河湄
憂來感物淚不晞非君之念思爲誰别日何早會來遲
逝一作遠遟一作偕遠一作
客夜一作寒别月一作月别

同前　宋謝靈運

孟冬初寒節氣成悲風入閨霜依庭秋蟬噪柳燕棲楹
念君行役怨邊城君何崎嶇久徂征豈無膏沐感鸖鳴
對君不樂淚沾纓闢窻開幌弄秦箏調絃促柱多哀聲
遥夜明月鑒帷屏誰知河漢淺且清展轉思服悲明星

同前　謝惠連

四時推遷迅不停三秋蕭瑟葉解輕飛霜被野鴈南征
念君客遊羈思盈何為淹留無歸聲愛而不見傷心情
朝日潛輝華燈明林鵲同棲渚鴻幷接翮偶羽依蓬瀛
仇依旅類相和鳴余獨何為志無成憂緣物感淚沾纓

同前　梁元帝

燕趙佳人本自多遼東少婦學春歌黄龍戍北花如錦玄菟城南月似蛾如何此時別夫婿金羈翠毦往交河還聞入漢去燕營怨妾愁心百恨生漫漫悠悠天未曉遥遥夜夜聽寒更自從異縣同心別偏恨同時成異節横波滿臉萬行啼翠眉暫斂千重結並海連天合不開那堪春日上春臺唯見遠舟如落葉復看遥舸似行杯沙汀夜鶴嘯羈雌妾心無趣坐傷離翻嗟漢使音塵斷空傷賤妾燕南垂（南一作前）

同前　蕭子顯

風光遲舞出青蘋蘭條翠鳥鳴發春洛陽梨花落如雪

河邊細草細如茵桐生井底葉交枝今看無端雙燕離
五重飛樓入河漢九華閣道暗清池遥看白馬津上吏
傳道黃龍征戍兒明月金光徒照妾浮雲玉葉君不知
思君昔去柳依依至今八月避暑歸明珠蠶繭勉登機
鬱金香薷持香衣洛陽城頭雞欲曙丞相府中烏未飛
夜夢征人縫狐貉私憐織婦裁錦緋吳刀鄭錦絡寒閨
夜被薄芳年海上水中鳧日暮寒夜空城雀徒一作從持一作特

同前北史本傳曰褒仕梁時作燕歌妙盡塞北苦寒之言元帝及諸文士和之而競爲悽切及江陵爲魏師所破元帝出降方驗焉

周王褒

初春麗日鶯欲嬌桃花流水沒河橋薔薇花開百重葉

楊柳拂地散千條隴西將軍號都護樓蘭校尉稱嫖姚自從昔别春燕分經年一去不相聞無復漢地長安月唯有漠北薊城雲淮南桂中明月影流黃機上織成文充國行軍屢築營陽史討虜陷平城城下風多能却陣沙中雪淺距停兵屬國少婦猶年少羽林輕騎散征行遥聞陌頭採桑曲猶勝邊地胡笳聲胡笳向暮使人泣還使閨中空佇立桃花落杏花舒桐生井底寒葉疎試爲來看上林鴈必有遥寄隴頭書長安一作關山還使一作長還遥必一作應

同前　庾信

代北雲氣晝昏昏千里飛蓬無復根寒鴈丁丁渡遼水

桑葉紛紛落薊門晉陽山頭無箭竹踈勒城中乏水源屬國征戍久離居陽關音信絶能踈願得魯連飛一箭持寄思歸燕將書渡遼本自有將軍寒風蕭蕭生水紋妾驚甘泉足烽火君訝漁陽少陣雲肎從將軍出細柳蕩子空牀難獨守盤龍明鏡向秦嘉辟惡生香寄韓壽春分燕來能幾日二月蠶眠不復久洛陽遊絲百丈連黃河春氷千片穿桃花顏色好如馬榆莢新開巧似錢蒲蔔一杯千日醉無事九轉學神仙定取金丹作幾服能令華表得千年丁丁一作汗嗢嗢少一作多不復久玉臺作不能食

從軍行五首集云從軍詩魏志建安二十年曹公西征張魯侍中王粲作詩以美其事

涼風四首從征吳作本非樂府今姑從郭本收入　魏王粲

從軍有苦樂但問所從誰所從神且武焉得久勞師相公征關右赫怒震天威一舉滅獯虜再舉服羌夷西收邊地賊忽若俯拾遺陳賞越丘山酒肉踰川坻軍中多飫饒人馬皆溢肥徒行兼乘還空出有餘資拓地三千里往返一如飛歌舞入鄴城所願獲無違晝日處大朝日暮薄言歸外參時明政內不廢家私禽獸憚爲犧良苗實已揮竊慕負鼎翁願厲朽鈍姿不能效沮溺相隨把鋤犂熟覽夫子詩信知所言非李善本無竊慕二句如一作若晝一作盡

涼風厲秋節司典告詳刑我君順時發桓桓東南征汎

舟蓋長川陳卒被隰坰征夫懷親戚誰能無戀情拊衿倚舟檣眷言思鄴城哀彼東山人喟然感鸛鳴日月不安處人誰獲恒寧昔人從公旦一徂輙三齡今我神武師暫往必速平棄余親睦恩輸力竭忠貞懼無一夫用報我素餐誠夙夜自悁性恩逝若抽縈將秉先登羽豈敢聽金聲戀一作此恒一作常太平御覽載粲從軍詩有云樓船凌洪波蠢戈刺群虜豈征吳時耶

從軍征遐路討彼東南夷方舟順廣川薄暮未安坻白日半西山桑梓有餘暉蟋蟀夾岸鳴孤鳥翩翩飛征夫心兩懷悽愴令吾悲下船登高防草露霑我衣迴身赴牀寢此愁當告誰身服干戈事豈得念所私即戎有受

命茲理不可違兩一作多悽一作惻
朝發鄴都橋暮濟白馬津逍遥河隄上左右望我軍連
舫踰萬艘帶甲千萬人率彼東南路將定一舉勳籌策
運帷幄一由我聖君恨我無時謀譬諸具官臣鞠躬中
堅內微畫無所陳許歷爲完士一言猶敗秦我有素餐
責誠愧伐檀人雖無鉛刀用庶幾奮薄身猶一作獨
悠悠涉荒路靡靡我心愁四望無煙火但見林與丘城
郭生榛棘蹊徑無所由雈蒲竟廣澤葭葦夾長流日夕
涼風發翩翩漂吾舟寒蟬在樹鳴鸛鵠摩天遊客子多
悲傷淚下不可收朝入譙郡界曠然消人憂雞鳴達四

境黍稷盈原疇館宅充廛里女士滿莊馗自非聖賢國
誰能享斯休詩人美樂土雖客猶願留廛一作鄽女士一作士女

同前二首王僧虔技錄云荀錄所載左延年苦哉行一篇今不傳樂府解題曰從軍行皆單旅苦辛之辭苦哉行從軍五更轉並出此　左延年

苦哉邊地人一歲三從軍三子到燉煌二子詣隴西五
子遠鬭去五婦皆懷身闕後首見初學記

從軍何等樂一驅乘雙駁鞍馬照人白龍驤自動作闕

同前周王褒有遠征人出此　晉陸機

苦哉遠征人飄飄窮四遐南陟五嶺巔北戍長城阿谿
谷深無底崇山鬱嵯峨奮臂攀喬木振迹涉流沙隆暑

固已憭涼風嚴且苛夏條集鮮藻寒氷結衝波胡馬如
雲屯越旗亦星羅飛鋒無絶影鳴鏑自相和朝餐不免
胄夕息常負戈苦哉遠征人拊心悲如何飄飄窮四遐一作飄飖窮西河谿谷深無底一作深谷邈無底集一作焦餐一作食

同前　　宋顏延之

苦哉遠征人畢力幹時艱秦初略揚越漢世爭陰山地
廣旁無界喦阿上虧天嶠霧下高鳥氷沙固流川秋飈
冬未至春液夏不涓閩烽指荆吴胡埃屬幽燕橫海咸
飛驪絶漠皆控弦馳檄發章表軍書交塞邊接鏑赴陣
首卷甲起行前羽驛馳無絶旌旗晝夜懸臥伺金柝響

起候亭燧煙遯矣遠征人惜哉私自憐

同前見太平御覽　謝惠連

趙騎馳四牡吴舟浮三翼弓弭有恒用矛鋋無蹔息闕

同前二首　梁簡文帝

貳師惜善馬樓蘭貪漢財前年出右地今歲討輪臺魚雲望旗聚龍沙隨陣開氷城朝浴鐵地道夜銜枚將軍號令密天子璽書催何時反舊里遥見下機來

雲中亭障羽檄驚甘泉烽火通夜明貳師將軍新築營嫖姚校尉初出征復有山西將絶世愛雄名三門應遁甲五壘學神兵白雲隨陣色蒼山答鼓聲迤邐觀鵝翼

參差靚鳫行先平小月障却滅大宛城善馬還長樂黃金付水衡小婦趙人能鼓瑟侍婢初笄解鄭聲庭前桃花飛已合必應紅粧來起迎障一作嶂愛一作受陣一作旆桃花一作柳絮已一作欲來起迎一作起見迎

同前集云和王僧辯從軍姑從郭本收入　梁元帝

寶劒飾龍淵長虹畫彩船山虛和鐃管水淨寫樓船連雞隨火度燧象帶烽然洞庭晚風急瀟湘夜月圓荀令多文藻臨戎賦雅篇

同前　沈約

惜哉征夫子憂恨良獨多浮矢出緹海束馬渡交河雪

縈九折嶝風捲萬里波維舟無夕島秣驥乏平莎淩濤
富驚沫援木闞垂蘿江飈鳴疊嶼流雲照層阿玄埃晦
朔馬白日照吳戈寢興流復怨寤寐起還歌晨裝豈輟
警夕壘詎淹和苦哉遠征人悲矣將如何闞一作闞

同前　　　　戴暠

長安夜刺閨胡騎白銅鞮詔書發隴右召募取關西劒
懸三尺鞘鎧纍七重犀督軍鳴戰鼓遥夜數更鼙侵星
出柳塞際晚入榆溪秦涇含樂鵶晉火逐飛雞通泉開
地道望敵竪雲梯陰山日不暮長城風自淒弓寒折錦
韃馬凍滑斜蹄燕旗竿上脆羌笛管中嘶登山試下趙

憑軾且平齊當今函谷上唯見一丸泥（見一作用）

同前　吳均

男兒亦可憐立功在北邊陣頭橫却月馬腹帶連錢懷戈發壠坻乘凍至遼邊徼誠君不愛終自直如弦

同前（二首前首集云李都尉陵從軍後首云古意報袁功曹並非樂府今姑從郭本收入）　江淹

樽酒送征人踟躕在親宴日暮浮雲滋握手淚如霰悠悠清水川嘉魴得所薦而我在萬里結友不相見袖中有短書願寄雙飛燕（友一作髮）

從軍出隴北長望陰山雲涇渭各流異恩情於此分故

人贈寶劒鏤以瑶華文一言鳳獨立再說鸞無羣何得晨風起悠哉凌翠氛黃鵠去千里垂淚爲報君

同前 英華作蕭子雲　蕭子顯

左角名王侵漢邊輕薄良家惡少年縱橫向沮澤凌厲取山田黃塵不見景飛蓬恒滿天邊功封浞野竊寵劫祁連春風春月將進酒妖姬舞女亂君前 劫一作拜

同前　劉孝儀

冠軍親挾射長平自合圍木落雕弓燥氣秋征馬肥賢王皆屈膝幕府復申威何謂從軍樂往返速如飛

同前 二首後舊集云星名從軍詩姑從郭本收入　陳張正見

胡兵屯薊北漢將起山西故人輕百戰聊欲定三齊風前噴畫角雲上舞飛梯鴈塞秋聲遠龍沙雲路迷燕然自可勒函谷詎須泥

將軍定朔邊刁斗出祁連高柳橫長塞榆關接遠天井泉含陣竭風火映山然欲知客心斷旄旌萬里懸

同前　周趙王招

遼東烽火照甘泉薊北亭障接燕然水凍菖蒲未生節關寒榆葉不成錢

同前 集云同盧記室從軍　庾信

河圖論陣氣金匱辨星文地中鳴鼓角天上下將軍函

犀恒七屬浴鐵本千羣飛梯聊度絳合弩暫凌汾寇陣先中斷妖營卽兩分連烽對嶺度嘶馬隔河聞箭飛如疾雨城崩似壞雲英王於此戰何用武安君

同前二首　王褒

兵書久閑習征戰數曾經講戎平樂觀攬劒羽林亭西征度疎勒東驅出井陘牧馬濱長渭營軍毒上涇平雲如陣色半月類城形羽書封信璽詔使動流星對岸流沙白緣河柳色青將幕恒臨斗旌門常背刑勳封瀚海石功勒燕然銘兵勢因麾下軍圖送掖庭誰憐下玉筯向暮掩金屏攬劒一作學戲

黄河流水急驄馬送征人谷望河陽縣橋度小平津年少多遊俠結客好輕身代風愁櫪馬胡霜宜角筋羽書勞警急邊鞍倦苦辛康居因漢使盧龍稱魏臣荒戍唯看柳邊城不識春男兒重意氣無爲羞賤貧

同前　隋盧思道

朔方烽火照甘泉長安飛將出祁連犀渠玉劍良家子白馬金羈俠少年平明偃月屯右地薄暮魚麗逐左賢谷中石虎經銜箭山上金人曾祭天天涯一去無窮已薊門迢遞三千里朝見馬嶺黄沙合夕望龍城陣雲起庭中奇樹已堪攀塞外征人殊未還白雲初下天山外

浮雲直向五原間關山萬里不可越誰能坐對芳菲月流水本自斷人腸堅氷舊來傷馬骨邊庭節物與華異冬霰秋霜春不歇長風蕭蕭渡水來歸鴈連連映天沒從軍行從軍行萬里出龍庭單于渭橋今已拜將軍何處覓功名

同前 選詩外編作塞上　明餘慶

三邊烽亂驚十萬且橫行風卷常山陣笳喧細柳營劒花寒不落弓月曉逾明會取淮南地持作朔方城淮南一作河西

同前二首　虞世南

塗山烽候驚弭節度龍城冀馬樓蘭將燕犀上谷兵劒寒花不落弓曉月逾明凜凜嚴霜節冰壯黃河絶蔽日卷征蓬浮天散飛雪全兵值月滿精騎乘膠折結髮早驅馳辛苦事旌麾馬凍重關冷輪摧九折危獨有西山將年年屬數奇西山疑作山西

烽火發金微連營出武威孤城塞雲起絶陣虜塵飛俠客吸龍劒惡少縵胡衣朝摩骨都壘夜解谷蠡圍蕭關遠無極蒲海廣難依沙磴離旌斷晴川候馬歸交河梁已畢燕山旆欲飛方知萬里相矦服有光輝烽一作爟誤

遠征人　周王襃

黃河流水急驅馬送征人谷望河陽縣橋度小平津

從軍行五更轉五首樂苑曰五更轉商調曲按伏知道已有從軍辭則五更轉蓋陳已前曲也

陳伏知道

一更刁斗鳴校尉遑連城遥聞射鵰騎懸憚將軍名

二更愁未央高城寒夜長試將弓學月聊持劒比霜

三更夜警新橫吹獨吟春强聽梅花落誤憶柳園人

四更星漢低落月與雲齊依稀北風裏胡笳雜馬嘶

五更催送籌曉色映山頭城烏初起堞更人悄下樓悄一作笑

鞠歌行古今樂錄曰王僧虔技錄平調又有鞠歌行今無歌者陸機序曰按漢宮閣有

含章鞠室靈芝鞠室後漢馬防第宅卜臨道閣通池鞠城彌於街路鞠歌將謂此也又東阿王詩連騎擊壤或謂蹴鞠乎三言七言雖奇寶名器不遇知己終不見重願逢知己以託意焉

晉陸機

朝雲升應龍攀乘風遠遊騰雲端鼓鐘歇豈自歡急弦高張思和彈時希值年夙愆循己雖易人知難王陽登貢公歡罕生既後國子歎嗟千載豈虛言邈矣遠念情愾然

同前　宋謝靈運

德不孤兮必有鄰唱和之契冥相因譬如虬虎兮來風雲亦如形聲影響陳心歡賞兮歲易淪隱玉藏彩疇識

眞叔身顯夷吾親郢既歿匠寢斤覽古籍信伊人永言知巳感良辰

同前　謝惠連

翔馳騎千里姿伯樂不舉誰能知南荆璧萬金貲卞和不斲與石離年難留時易隕厲志莫賞徒勞疲沮齊音溺趙吹匠石善運郢不危古綿眇理參差鞞心慷慨雙淚垂

古樂苑卷第十六終

古樂苑卷第十七

西吳　梅鼎祚　補正

東越　呂胤昌　校閱

相和歌辭　清調曲

清調曲一

古今樂錄曰王僧虔技錄清調有六曲一苦寒行二豫章行三董逃行四相逢狹路閒行五塘上行六秋胡行荀氏錄所載九曲傳者五曲晉宋齊所歌今不歌武帝北上苦寒行上謁董逃行蒲生塘上行晨上願登秋胡行是也其四曲今不傳明帝悠悠苦寒行古辭白楊豫章行武帝白日董逃行古辭相逢狹路閒行是也其器有笙笛下聲弄高弄遊弄篪節琴瑟箏琵琶八種歌弦四弦張永錄云未歌之前有五部弦又在弄後晉宋齊止四器也

苦寒行 樂府解題曰晉樂奏魏武帝北上篇備言冰雪谿谷之苦其後或謂之北上行蓋因武帝辭而擬之也藝文類聚作魏文帝

魏武帝

北上太行山艱哉何巍巍太行山艱哉何巍巍羊腸坂詰屈車輪爲之摧一解樹木何蕭瑟北風聲正悲何蕭瑟北風聲正悲熊羆對我蹲虎豹夾道啼二解谿谷少人民雪落何霏霏少人民雪落何霏霏延頸長歎息遠行多所懷三解我心何怫鬱思欲一東歸何怫鬱思欲一東歸水深橋梁絕中路正徘徊四解迷惑失徑路暝無所宿棲失徑路暝無所宿棲行行日以遠人馬同時飢五解擔囊行取薪斧冰持作糜擔囊行取薪斧冰持作糜悲彼東

山詩悠悠使我哀六解 右一曲晉樂所奏宋書首並疊二句

北上太行山艱哉何巍巍羊腸坂詰屈車輪爲之摧樹木何蕭瑟北風聲正悲熊羆對我蹲虎豹夾路啼谿谷少人民雪落何霏霏延頸長歎息遠行多所懷我心何怫鬱思欲一東歸水深橋梁絕中路正徘徊迷惑失故路薄春無宿棲行行日已遠人馬同時飢擔囊行取薪斧氷持作糜悲彼東山詩悠悠使我哀 右一曲本辭

同前　　魏明帝

悠悠發洛都荓我征東行悠悠發洛都荓我征東行征行彌二旬屯吹龍陂城一解 顧觀故壘處皇祖之所營故

壘處皇祖之所營屋室若平昔棟宇無邪傾解二奈何我皇祖潛德隱聖形我皇祖潛德隱聖形雖沒而不朽書貴垂休名解三光光我皇祖軒耀同其榮我皇祖軒耀同其榮遺化布四海八表以肅清解四雖有吳蜀寇春秋足耀兵吳蜀寇春秋足耀兵徒悲我皇祖不永享百齡賦詩以寫懷伏軾淚霑纓五解 右一曲晉樂所奏按每解疊首二句 龍宋書作朧休

一作伐耀

一作曜

同前　　晉陸機

北遊幽朔城涼野多險艱俯入窮谷底仰陟高山盤凝氷結重磵積雪被長巒陰雲興巖側悲風鳴樹端不覩

白日景但聞寒鳥喧猛虎憑林嘯玄猿臨岸歎夕宿喬木下慘愴恒鮮歡渴飲堅冰漿饑待零露餐離思固已久寤寐莫與言劇哉行役人慊慊恒苦寒（艱一作難　久一作矣）

同前（二首並有闕）　宋謝靈運

歲歲曾冰合紛紛霰雪落浮陽減清暉寒禽叫悲壑飢爨煙不興渴汲水枯涸

樵蘇無夙飲鑿冰煮朝飡悲矣采薇唱苦哉有餘酸

吁嗟篇（選詩拾遺作瑟調飛蓬篇樂府解題曰曹植擬苦寒行爲吁嗟魏志云植每欲求別見獨談及時政幸冀試用終不能得時法制待藩國峻迫植十一年而三徙都常汲汲無歡裴松之注云植嘗爲瑟瑟調歌辭則此篇也）

魏陳思王植

吁嗟此轉蓬居世何獨然長去本根逝夙夜無休閑東西經七陌南北越九阡卒遇回風起吹我入雲閒自謂終天路忽然下沈淵驚飈接我出故歸彼中田當南而更北謂東而反西宕宕當何依忽亾而復存飄颻周八澤連翩歷五山流轉無恒處誰知吾苦艱願爲中林草秋隨野火燔糜滅豈不痛願與根荄連泉一作淵根一作株

豫章行

古今樂録曰豫章行王僧虔云荀録所載古白楊一篇今不傳

古辭

白楊初生時乃在豫章山上葉摩青雲下根通黃泉涼

秋八九月山客持斧斤我闕何皎皎梯落闕根株

已斷絶顛倒巖石間大匠持斧繩鋸墨齊兩端一驅四

五里枝葉自相捐闕　會爲舟船燔身在洛陽

宮根在豫章山多謝枝與葉何時復相連吾生百年闕

自闕　俱何意萬人巧使我離根株右一曲晉樂所奏

同前二首樂府解題曰曹植擬豫章行爲窮達　魏陳思王植

窮達難豫圖禍福信亦然虞舜不逢堯耕耘處中田太

公未遭文漁釣終渭川不見魯孔丘窮困陳蔡間周公

下白屋天下稱其賢終一作涇

鴛鴦自朋親不若比翼連他人雖同盟骨肉天性然周

公穆康叔管蔡則流言子臧讓千乘季札慕其賢

同前　晉陸機

汎舟清川渚遥望高山陰川陸殊塗軌懿親將遠尋三荆歡同株四鳥悲異林樂會良自古悼别豈獨今寄世將幾何日昃無停陰前路既已多後塗隨年侵促促薄暮景亹亹鮮克禁曷爲復以兹曾是懷苦心遠節嬰物淺近情能不深行矣保嘉福景絶繼以音高一作南

同前　宋謝靈運

短生於長世恒覺白日欹覽鏡睨頽容華顔豈久期茍無迴戈術坐觀落崦嵫有闕

同前　謝惠連

軒帆遡遥路薄送瞰遐江舟車理殊緬密友將遠從九里樂同潤二華念分峰集歡豈今發離歎自古鐘促生靡緩期迅景無遲蹤緇髮迫多素憔悴謝華菲婉娩寡留晷窮寵閉淹龍如何阻行止憤愠結心胷既微達者度歡戚誰能封顧子保淑慎良訊代徽容

同前　梁沈約

燕陵平而遠易河清且駛一見塵波阻臨途引征思雙劒愛匣同孤鸞悲影異宴言誠易纂清歌信難嗣臥聞夕鐘急坐閲朝光亟徃歡墜壯心來戚滿衰志殂芳無

再顧淪灰定還熾夏臺尚可忘榮辱亦奚事愧微曠士節徒感鄙生餌勞哉納辰和地遠託聲寄

同前　隋薛道衡

江南地遠接閩甌山東英妙屢經遊前瞻疊嶂千重阻却帶驚湍萬里流楓葉朝飛向京洛文魚夜過歷吳洲君行遠度茱萸嶺妾住長依明月樓樓中愁思不開嚬始復臨牕望早春鴛鴦水上萍初合鳴鶴園中花併新空憶常時角枕處無復前日畫眉人照骨金環誰用許見膽明鏡自生塵蕩子從來好留滯况復關山遠迢遞當學織女嫁牽牛莫學姮娥叛夫婿偏訝思君無限極

欲罷欲忘還復憶願作王母三青鳥飛去飛來傳消息豐城雙劒昔曾離經年累月復相隨不畏將軍成久别只恐封侯心更移

豫章行苦相篇　晉傅玄

苦相身爲女卑陋難再陳男兒當門户墮地自生神雄心志四海萬里望風塵女育無欣愛不爲家所珍長大逃深室藏頭羞見人垂淚適他鄉忽如雨絶雲低頭和顏色素齒結朱脣跪拜無復數婢妾如嚴賓情合同雲漢葵藿仰陽春心乖甚水火百惡集其身玉顏隨年變丈夫多好新昔爲形與影今爲胡與秦胡秦時相見一

絶踰參辰男兒一作兒男菌一作頻　太平御覽載玄豫章行云輕裘綴孔翠明珂曜珊瑚

董逃行五解　崔豹古今注曰董逃歌後漢遊童所作也終有董卓作亂卒以逃亾後人習之爲歌章樂府奏之以爲儆誡焉後漢書五行志曰靈帝中平中京都歌曰承樂世董逃云云風俗通曰卓以董逃之歌主爲已發大禁絶之楊孚董卓傳曰卓改董逃爲董安按古辭大畧言服藥求仙與卓無預

古辭

吾欲上謁從高山山頭危嶮大難遥望五嶽端黄金爲闕班璘但見芝草葉落紛紛一解百鳥集來如煙山獸紛綸麟辟邪其端鵾雞聲鳴但見山獸援戲相拘攀二解小復前行玉堂未心懷流還傳教出門來門外人何求所言欲從聖道求一得命延三解教勑凡吏受言採取神藥

若木端白兔長跪擣藥蝦蟇丸奉上陛下一玉柈服此藥可得神仙（四解）服爾神藥莫不歡喜陛下長生老壽四面肅肅稽首天神擁護左右陛下長與天相保守（五解）

同前（見太平御覽）　魏文帝

晨背大河南轅跋涉遐路漫漫師徒百萬譁諠戈弓若林成山旌旗拂日蔽天（闕）

同前（一作五首）　晉陸機

和風習習薄林柔條布葉垂陰鳴鳩拂羽相尋倉鶊喈喈弄音感時悼逝傷心日月相追周旋萬里倏忽幾年人皆冉冉西遷盛時一往不還慷慨乖念悽然昔爲少

年無憂常恠秉燭夜遊翩翩宵征何來於今知此有由但爲老去年遒盛固有衰不疑長夜冥冥無期何不驅馳及時聊樂永日自怡齊此遺情何之人生居世爲安豈若及時爲驩世道多故萬端憂慮紛錯交顔老行及之長歎

董逃行歷九秋篇

十二首玉臺以前十首作簡文帝樂錄云傅玄作據

文選注引之爲漢古辭選詩拾遺曰此篇髣髴懽慽如在目前經緯情感若探中曲宮商曾疊綺繪斐亹其言有文焉其聲有永焉惜不知何人之辭非相如枚乘誰能爲之當爲百世六言之祖也馮惟訥曰此辭本題董逃行歷九秋篇董逃行起於漢末不得謂相如枚乘爲之也觀其辭體不類二京當以樂錄爲正

晉傅玄

歷九秋兮三春遺賢客兮遠賓顧多君心所親乃命妙妓才人炳若日月星辰其一序金罍兮玉觴賓主遞起鴈行杯若飛電絶炎交觴接危結裳慷慨歡笑萬方其二奏新詩兮夫君爛然虎變龍文渾如天地未分齊謳楚舞紛紛歌聲上激青雲其三窮八音兮異倫奇聲靡靡每新微披素齒丹脣逸響飛薄梁塵精爽眇眇入神其四坐咸醉兮沾歡引樽促席臨軒進爵獻壽翻翻千秋要君一言願愛不移若山其五君恩愛兮不竭譬若朝日夕月此景萬里不絶長保初醮髮結何憂坐成胡越其六攜弱手

兮金環上遊飛閣雲間穆若鴛鳳雙鸞還幸蘭房自安娛心樂意難原其七樂既極兮多懷盛時忽逝若頹寒暑革御景迴春榮隨風飄摧感物動心增哀其八妾受命兮孤虛男兒墮地稱姝女弱雖存若無骨肉至親更疏奉事他人託軀其九君如影兮隨形賤妾如水浮萍明月不能常盈誰能無根保榮良時冉冉代征其十顧繡領兮含暉皎日迴光則微朱華忽爾漸衰影欲捨形高飛誰言往思可追其十一薺與麥兮夏零蘭桂踐霜逾馨祿命懸天難明妾心結意丹青何憂君心中傾其十二春華一作榮華爾一作示

相逢行

一曰相逢狹路間行亦曰長安有狹邪行樂府解題古辭文意與雞鳴曲同三婦豔及中婦織流黄並出此

古辭

相逢狹路間道隘不容車不知何年少夾轂問君家君家誠易知易知復難忘黄金爲君門白玉爲君堂堂上置樽酒作使邯鄲倡中庭生桂樹華燈何煌煌兄弟兩三人中子爲侍郎五日一來歸道上自生光黄金絡馬頭觀者盈道傍入門時左顧但見雙鴛鴦鴛鴦七十二羅列自成行音聲何噰噰鶴鳴東西廂大婦織綺羅中婦織流黄小婦無所爲挾瑟上高堂丈人且安坐調絲方未央一作調絲未遽央

右一曲晉樂所奏

同前 一作五首郭本作謝惠連今從藝文　宋謝靈運

行行即長道道長息班草避逅賞心人與我傾懷抱夷世信難値憂來傷人平生不可保陽華與春渥陰柯長秋槁心慨榮去速情苦憂來早日華難久居憂來傷人諄諄亦至老親黨近卹庇昵君不常好九族悲素霰三良怨黃鳥邇朱白即頳憂來傷人近縞潔必造水流理就濕火炎同歸燥賞契少能諧斷金斷可寶千計莫適從 下當有憂來傷人四字 萬端信紛繞巢林宜擇木結友使心曉心曉形迹晷晷邇誰能了相逢既若舊憂來傷人片言

代紵縞

同前　梁張率

相逢夕陰街獨趣尚冠里高門既如一甲第復相似憑軾日欲昬何處訪公子公子之所在所在良易知青樓出上路漸臺臨曲池堂上撫流徽雷罇朝夕施橘柚分華實朱火燎金枝兄弟兩三人冠珮紛陸離朝從禁中出車騎並驅馳金鞍馬腦勒聚觀路傍兒入門一顧望鳬鴿有雄雌雄雌各數千相鳴戲羽儀並在東西立羣次何離離大婦刺方領中婦抱嬰兒小婦尚嬌稚端坐吹參差丈人無遽起神鳳且來儀（中一作門　丈人一作丈夫）

相逢狹路間　宋孔欣

相逢狹路間道狹正踟躕如何不羣士行吟戲路衢輟步相與言君行欲焉如淳朴久已凋榮利迭相驅流落尚風波人情多遷渝勢集堂必滿運去庭亦虛競趨嘗不暇誰肯眷桑樞無爲肆獨往只將困淪胥未若及初九攜手歸田廬躬耕東山畔樂道詠玄書狹路安足遊方外可寄娛

同前　梁昭明太子統

京華有曲巷曲曲不通輿道逢一俠客緣路問君居君居在城北可尋復易知朱門間皓壁刻桷映晨離階植若華草光影逐飈移輕幰委四屋蘭膏然百枝長子飾

青紫中子任以貲小子始總角方作啼弄兒三子俱入門赫奕盛羽儀騂驑服銜轡白玉鏤鞿羇容止同規矩賓從盡恭卑雅鄭時閒作孤竹乍參差雲翔雜水宿弄吭滿青池歡樂無終極流目豈知疲門下非毛遂坐上盡英奇大婦成貝錦中婦飾粉絁小婦獨無事理曲步簷垂丈人暫徙倚行使流風吹曲曲一作巷曲若華一作若華委四屋一作逐四屈翔一作飛飾一作治絁一作施

同前　沈約

相逢洛陽道繫聲流水車路逢輕薄子竚立問君家君家誠易知易知復易憶龍馬滿街衢飛蓋交門側大子

萬戶矦中子飛而食小子始從官朝夕温省直三子俱入門赫奕多羽翼若若青組紆煙煙金璫色大婦繞梁歌中婦回文織小婦獨無事閉戶聊且卽綠綺試一彈玄鶴方鼓翼

同前　劉孺

送君追遐路路狹睖朝雰三危上蔽日九折杳連雲枝交憓不見聽盡吹纔聞豈伊歎道遠亦廼泣塗分況茲別親愛情念切離羣

同前　劉遵

春曉駕香車交輪礙狹斜所恐惟風入疑傷步摇花含

羞隱年少何因問妾家青樓臨上路相期覺路賒覺一作竟

同前　隋李德林

天衢號九經冠蓋恒縱横忽逢懷刺客相尋欲逐名我住河陽浦開門望帝城金臺遠猶出玉觀夜恒明莚羞太官膳酒釀步兵營懸牀接髙士隔帳授諸生流水琴前韻飛塵歌後輕大子難爲弟中子難爲兄小子輕財利實見陶朱情龍軒照人轉驥馬噓天明入門俱有說至道勝金籯出門會親友天官奏德星大婦訓端木中婦訓劉靈小婦南山下擊缶和秦箏羣賓莫有戲燈來告絶纓

長安有狹邪行　古辭

長安有狹邪狹邪不容車適逢兩少年夾轂問君家君家新市傍易知復難忘大子二千石中子孝廉郎小子無官職衣冠仕洛陽三子俱入室室中自生光大婦織綺紵中婦織流黃小婦無所爲挾琴上高堂丈夫且徐徐調絃詎未央紵一作羅

同前　晉陸機

伊洛有岐路岐路交朱輪輕蓋承華景騰步躡飛塵鳴玉豈樸儒馮軾皆俊民烈心厲勁秋麗服鮮芳春余本倦遊客豪彥多舊親傾蓋承芳訊欲鳴當及晨守一不

足矜岐路良可遵規行無曠迹矩步豈逮人捘足緒已
爾四時不必循將遂殊塗軌要子同歸津

同前　宋謝惠連

紀郢有通逵通逵並軒車帟帟雕輪馳軒軒翠蓋舒撰
策之五尹振轡從三閭推劒馮前軾鳴佩專後輿疑闕

同前一云擬相逢狹路間　荀昶

朝發邯鄲邑暮宿井陘閒井陘一何狹車馬不得旋邂
逅相逢值崎嶇交一言一言不容多伏軾問君家君家
誠易知易知復易博南面平原居北趣相如閣飛樓臨
名都通門枕華郭入門無所見但見雙樓鶴樓鶴數十

雙鴛鴦羣相追大兄珥金璫中兄振纓緌伏臘一來歸
鄰里生光輝小弟無所爲鬭雞東陌逵大婦織紈綺中
婦縫羅衣小婦無所作挾瑟弄音徽丈人且却坐梁塵
將欲飛中兄振纓緌一作纓玉中兄綎

同前帝王集作魏武帝非　梁武帝

洛陽有曲陌曲曲不通驛忽遇二少童扶轡問君宅我
宅邯鄲右易憶復可知大息組細縕中息佩陸離小息
尚青綺總轡遊南陂三息俱入門家臣拜門垂三息俱
升堂旨酒盈千卮三息俱入戶戶內有光榮大婦理金
翠中婦事玉觹小婦獨閒暇調笙遊曲池丈人少徘徊

鳳吹方參差遇一作逢巒一作角

同前　簡文帝

長安有徑塗徑徑不通輿道逢雙總角扶輪問我居我居青門北可憶復易津大息騖金勒中息綰黃銀小息始得意黃頭作弄臣三息俱入門雅志揚清塵三息俱上堂觴肴滿四陳三息俱入戶照耀光容新大婦舒綺緺中婦拂羅巾小婦最容冶映鏡學嬌嚬丈人且安坐清謳出絳唇徑徑一作塗徑角一作丱津一作尋綰一作剖

同前　沈約

青槐金陵陌丹轂貿遊士方驂萬乘臣炫服千金子咸

陽不足稱臨淄孰能擬

同前　庾肩吾

長安曲陌坂曲曲不容幰路逢雙綺襦問君居近遠我居臨御溝可識不可求長子登麟閣次子侍龍樓少子無高位聊從金馬遊三子俱來下左右若川流三子俱來入高軒映彩旒三子俱來宴玉柱擊清甌大婦襞雲裘中婦卷羅幬小婦多妖豔花鈿繫石榴夫君且安坐歡娛方未周（曲陌坂一作有曲陌曲曲一作曲陌妖豔一作豔冶）

同前　王冏

名都馳道傍華轂亂鏘鏘道逢佳麗子問我居何鄉我

家洛川上甲第遥相望珠扉玳瑁牀綺席流蘇帳大子執金吾次子中郎將小子陪金馬遨遊蔑卿相三子俱休沐風流鬱何壯三子俱會同肅雍多禮讓三子俱還室絲管紛寥亮大婦裁舞衣中婦學清唱小婦窺鏡影弄此朝霞狀佳人且少留爲君繞梁唱

同前　　徐防

長安有勾曲勾勾不通驛塗逢二綺衣夾路訪君室君室近霸城易識復知名大息登金馬中息謁承明小息偏愛幸走馬曳長纓三息俱入門車服盡雕輕三息俱上堂嘉賓四座盈三息俱入戶室内有光榮大婦縑始

呈中婦繡初營小婦多姿媚紅紗映削成上客且安坐
胡牀妾自擎服一作馬

同前　陳張正見

少年重遊俠長安有狹斜路窄時容馬枝高易度車簷
高同落照巷小共飛花相逢夾繡轂借問是誰家

同前　周王褒

威紆狹邪道車騎動相喧博徒稱劇孟遊俠號王孫勢
傾魏侯府交盡翟公門路邪勞夾轂塗艱倦折轅日斜
宣曲觀春還御宿園塗歌楊柳曲巷飲榴花樽獨有遊
梁倦還守孝文園威一作逶倦一作客

三婦豔　宋南平王鑠

大婦裁霧縠中婦牒冰練小婦端清景含歌登玉殿丈人且徘徊臨風傷流霰

同前　齊王融

大婦織綺羅中婦織流黃小婦獨無事挾瑟上高堂丈夫且安坐調絃詎未央綺羅一作縑緗瑟一作琴丈夫一作丈人詎未央一作未渠央

同前　梁昭明太子統

大婦舞輕巾中婦拂華茵小婦獨無事紅黛潤芳津良人且高臥方欲薦梁塵

同前　沈約

大婦拂玉匣中婦結珠帷小婦獨無事對鏡理蛾眉良人且安臥夜長方自私拂玉匣一作掃玉墀珠一作羅理一作畫

同前 王筠

大婦畱芳褥中婦對華燭小婦獨無事當軒理清曲丈人且安臥艷歌方斷續

同前 吳均

大婦絃初切中婦管方吹小婦多姿態含咲逼清巵佳人勿餘及慇懃妾自知

同前 劉孝綽

大婦縫羅裙中婦料繡文唯餘最小婦窈窕舞昭君丈

人愼勿去聽我駐浮雲（人一作夫）

同前（十一首）　　陳後主

大婦避秋風中婦夜牀空小婦初兩髻含嬌新臉紅得意非霞日可憐那可同

大婦西北樓中婦南陌頭小婦初粧點回眉對月鈎可憐還自覺人看反更羞

大婦主縑機中婦裁春衣小婦新粧治拂匣動琴徽長夜理清曲餘嬌且未歸（主一作弄）

大婦妬蛾眉中婦逐春時小婦最季少相望卷羅帷羅帷夜寒卷相望人來遲

大婦上高樓中婦蕩蓮舟小婦獨無事撥帳掩嬌羞丈
夫應自解更深難道留
大婦初調箏中婦飲歌聲小婦春粧罷弄月當宵楹季
子時將意相看不用爭
大婦愛恒偏中婦意長堅小婦獨嬌笑新來華燭前新
來誠可惑爲許得新憐
大婦酌金杯中婦照粧臺小婦偏妖冶下砌折新梅泉
中何假問人今最後來
大婦怨空閨中婦夜偷啼小婦獨含笑正柱作烏棲河
低帳未掩夜夜畫眉齊

大婦正當壚中婦裁羅襦小婦獨無事淇上待吳姝鳥
歸花復落欲去却踟蹰
大婦年十五中婦當春戶小婦正橫陳含嬌情未吐所
愁曉漏促不恨燈銷炷
同前　張正見
大婦織殘絲中婦妬蛾眉小婦獨無事歌罷詠新詩上
客何須起爲待絶纓時
中婦織流黃　梁簡文帝
翻花滿階砌愁人獨上機浮雲西北起孔雀東南飛調
絲時繞腕易鑷乍牽衣鳴梭逐動釧紅粧映落暉

同前　陳徐陵

落花還井上春機當戶前帶衫行障口覓釧枕檀邊數鑷經無亂新漿緯易牽蜘蛛夜伴織百舌曉驚眠封用黎陽土書因計吏船欲知夫婿處今督水衡錢還一作非枕檀一作入壇

同前　北齊盧詢

別人心已怨愁空日復斜燃香望韓壽磨鏡待秦嘉殘絲愁績爛餘織恐縑賒支機一片石緩轉獨輪車下簾還憶月挑燈更惜花似天河上景春時織女家

同前　隋虞世南

寒閨織素錦含怨斂雙蛾綜　新交縷澀經脆斷絲多衣香逐舉袖釧動應鳴梭還恐裁縫罷無信達交河達一作往

詩話補遺云此虞世南織錦曲也分明是一幅織錦圖綜音縱經音逕非深知織作者不知此一一句之妙

古樂苑卷第四十七 終